D1995800

Olivier Adam, geboren 1974 in einem Vorort von Paris, schreibt Romane für Kinder und Erwachsene. Für seine Erzählungen »Am Ende des Winters« wurde er mit dem Prix Goncourt ausgezeichnet.

Olivier Adam

♥ *Mein Herz und deine Seele* ♥

Aus dem Französischen
von Tobias Scheffel

Fischer Taschenbuch Verlag

generation
www.fischergeneration.de

Deutsche Erstausgabe
Veröffentlicht im Fischer Taschenbuch Verlag,
einem Unternehmen der S. Fischer Verlag GmbH,
Frankfurt am Main, März 2007

Die französische Originalausgabe erschien 2005 unter dem Titel
»Comme les doigts de la main« bei l'école des loisirs, Paris
© 2005 l'école des loisirs, Paris
Für die deutschsprachige Ausgabe:
© 2007 Fischer Taschenbuch Verlag in der S. Fischer Verlag GmbH,
Frankfurt am Main
Satz: Pinkuin Satz und Datentechnik, Berlin
Druck und Bindung: Clausen & Bosse, Leck
Printed in Germany
ISBN-13: 978-3-596-80674-4
ISBN-10: 3-596-80674-7

Nach den Regeln der neuen Rechtschreibung

♥ For my birdy girl ♥

Lass wieder in die Welt mich kommen
berühren sie mit bloßen Händen
auch wenn ich spür, sie bricht zusammen
auch wenn sie's lang schon nicht mehr glaubt
lass meinen Schatten mich neu finden
verlor'n im Schatten, der mich hält
Erinnerung noch an das Morgen
verschossner Pfeil' unterm Gebälk

Dominique A.

♥ Antoine ♥

Seit jener Nacht im Krankenhaus kann ich kein Mädchen mit langen, schwarzen Haaren auf der Straße vor mir sehen, ohne meine Schritte zu beschleunigen, ohne in Brust und Schläfen mein pochendes Herz zu spüren, ohne noch schneller zu gehen, bis ich auf ihrer Höhe bin, sie dann anzusehen und so enttäuscht zu sein, dass ich fast weinen könnte, enttäuscht bis zur Verzweiflung.

Und dabei war ich nur eine Nacht mit ihr zusammen.

Eine Nacht und nicht mehr.

Eine Nacht, und sie fehlt mir so, dass ich am liebsten sterben würde. Sie fehlt mir wie die Luft zum Atmen.

Eine Nacht, und jetzt lebe ich wie ein Fisch auf dem Trockenen. Ich sperre den Mund weit auf, aber ersticke.

Thomas sagt, ich übertreibe. Ich würde sie kaum kennen. Ich würde mich darin suhlen, weil ich auf diese Weise vermeiden könnte, mich dem Leben zu stellen, es in die Hand zu nehmen und es wirklich zu leben.

Vielleicht hat er Recht. Aber ich verstehe nicht, was das ändert.

»Womöglich siehst du sie nie wieder«, sagt er. »Oder du begegnest ihr in zehn Jahren, und sie ist wahnsinnig verliebt in einen Surfer und ist Mutter von acht Kindern. Du willst doch nicht dein ganzes Leben in der Erinnerung an eine Nacht leben.«

All das sagt er, und ich höre ihm nicht zu. Ich schließe die Augen und sehe alles wieder vor mir, intakt. Ihren weißen Körper und ihre unendlich großen Augen. Ihren Mund und ihre Haut. Unsere Schritte im Schnee.

Ich denke daran, während ich meine Tasche packe, rasch Jeans und Pulli anziehe, meine Cornflakes runterschlinge und den heißen Tee trinke. Mama sagt mir auf Wiedersehen, ich drücke meine Wangen an ihre hohlen Wangen, ich nehme ihren mageren Körper in die Arme. Sie hat tiefe schwarze Ringe unter den Augen. Ich sage ihr, dass sie zu spät kommen wird, und sie lächelt mich an.

Ich denke daran im Bus, wenn ich ganz allein in der letzten Reihe sitze, den Kopf an die beschlagene Scheibe gelehnt. Thomas winkt mir zu, und ich reagiere kaum. Er ist mein bester Freund, aber seit einiger Zeit spüre ich, wie uns ein Graben trennt, der breiter wird. Ich spüre, wie unsere Wege sich voneinander entfernen. Ich habe sogar den Eindruck, dass sie entgegengesetzte Richtungen einschlagen. Ich drehe den Walkman lauter, Air spielt *Cherry Blossom Girl*, und es ist, als ginge ich aus mir raus. Ich sehe die anderen, wie sie lachen und sich an den Halteschlaufen festhalten, um nicht hinzufallen.

Ich denke daran während des Matheunterrichts. Den Kopf auf den verschränkten Armen, die Augen geschlossen und fast schlafend. Der Mund der Lehrerin bewegt sich, aber ich höre nichts. Ich bin anderswo. Mit Chloé. Erneut wandern meine Hände über ihren Körper, ich trage sie in meinen Armen, ich spüre die Müdigkeit, und wir gehen den Fluss entlang, unsere Schritte knirschen im Schnee, sie wagen sich auf den zu Eis erstarrten Fluss. Ihre Lippen auf meinen Augen, meiner Nase, meinem Mund.

♥ Chloé ♥

Gerade hat der Wecker geklingelt. Ich habe die ganze Nacht nicht geschlafen. Ich spüre meine Hüfte, es tut nicht weh, aber ich spüre sie die ganze Zeit, sie stört mich und ich frage mich, wozu das alles gut war. Die Operation und dieser ganze Monat allein, da unten im Süden, in dieser grauenhaften Rehaklinik voll mit knittrigen Alten. Da hat man mich immer um sechs Uhr morgens geweckt, um mich zu quälen, um mich zu zwingen, diese unerträglich schmerzhaften Bewegungen zu machen. Danach hatte ich den ganzen Tag nichts mehr zu tun. Nichts außer zu lesen und dabei aufs Meer zu sehen. Ich konnte auch gar nichts tun, weil er mir immer im Kopf rumging und mich daran hinderte, mich zu konzentrieren. Ich saß auf dem Bett und versuchte, mich an sein Gesicht zu erinnern, mich daran zu erinnern, was seine Hände auf meiner Haut und seine Lippen auf meinem Mund in mir ausgelöst haben. Ich versuchte, mir vorzustellen, was er zur gleichen Zeit tut, versuchte zu erraten, ob er mich vergisst. Ich habe die Zähne zusammengebissen und die Hände geknetet, als ich daran dachte.

Am Tag der Operation hatte ich den ganzen Tag geschlafen, und als ich aufwachte, war er nicht mehr da. Ich habe geweint, bin in Tränen zerflossen. Ich hatte nur seinen Namen. Das war alles. Ich verstehe nicht, wie er einfach so gehen konnte, ohne mir seine Adresse dazulassen oder irgendwas.

Na ja, vielleicht verstehe ich es doch, aber ich will es lieber nicht.

Abends zu Hause habe ich dann seine Adresse im Internet gesucht. Ich habe nichts gefunden. Am nächsten Tag bin ich in den Süden gefahren, habe mit meinem Rollstuhl den Zug genommen und zumindest eine Sache gelernt: Behinderte sind in diesem Land allen völlig egal. Nichts wird für sie getan. Alles ist kompliziert, schwierig, demütigend. Und dabei konnte ich nach zwei Wochen immerhin schon allein gehen, konnte allein das Haus verlassen, ein bisschen am Meer und den roten Felsen entlanggehen. Nicht lange, weil es so kalt war und ich noch Schmerzen hatte. Aber es war gut, den Wind zu spüren, die Wellen und die Vögel zu hören.

Mama kommt in mein Zimmer. Sie öffnet die Vorhänge. Ich beobachte sie, sie hat mir gefehlt diesen ganzen Monat, den ich so weit weg war. Seit zwei Wochen bin ich jetzt wieder zu Hause, aber ich spüre immer noch, wie sehr sie mir gefehlt hat.

»Ich habe dir dein Frühstück gemacht«, sagt sie. »Kommst du runter?«

Ich nicke und sie verlässt das Zimmer. Ich höre ihre Schritte im Flur, auf den Fliesen der Küche. Heute gehe ich nicht in die Schule, und sie arbeitet nicht. Ihre Kollegin übernimmt den Ladendienst, schneidet die Blumen und stellt schreckliche Sträuße zusammen, Begräbnissträuße.

Heute habe ich einen Termin im Krankenhaus. Zur Kontrolle. Röntgen, Untersuchungen. Seit jener Nacht habe ich das Krankenhaus nicht wieder betreten. Ich war nicht wieder dort, und doch bin ich noch immer da, ich denke die ganze Zeit daran, ich rieche immer noch den Geruch nach Äther und Reinigungsmittel, nach kalter Suppe und Desinfektionsspray.

♥ Antoine ♥

Mein kleiner Finger war kein schöner Anblick. Ich lag auf dem Boden und sah meine Hand an. Mir wurde fast schwindlig, als ich ihn sah, umgedreht, vollständig umgebogen.

So fing es an.

Wäre ich nicht gestolpert, wäre ich nicht ins Netz gefallen und hätte mir dabei nicht den Finger verdreht, dann wäre ich Chloé nie begegnet. Vielleicht wäre das besser gewesen. Das sage ich mir jedenfalls manchmal, aber ich weiß, dass ich das nicht ernsthaft denke. Das Wichtigste ist, das alles erlebt zu haben, auch wenn ich darunter leide. Dieser Blitz mitten ins Herz.

Leben, Kummer, Freude misst man nicht in Tagen. Es geht nach Intensität, genau wie bei Licht oder Strom.

Der Lehrer ist über das Netz gesprungen. Sein

Fuß hat die Netzkante berührt, und einen Moment lang dachte ich, er würde ebenfalls stürzen. Er stand auf, als wäre nichts. Der Typ hielt sich für einen Champion, aber wir wussten, dass das alles nur Theater war, dass er nie über regionale Turniere rausgekommen war, er war nur im Roland-Garros-Stadion gewesen, um sich von der Tribüne aus Spiele anzusehen.

»Zeig deine Hand«, sagte er.

Als ich sie ihm zeigte, dachte ich wirklich, er würde in Ohnmacht fallen. Die anderen kamen zu uns. Nordine fand es echt Wahnsinn, dass ein Finger so verdreht sein kann. Er fragte mich, ob es wehtäte. Ich antwortete, dass ich nichts spüren würde.

»Hör auf! Ich bin sicher, du fängst in zwei Sekunden an zu heulen, so weh tut's dir.«

»Nein, ich schwör's, ich spür nichts.«

Das Einzige, was wirklich wehtat, war der Anblick. Mein kleiner Finger stand völlig quer. Das machte mir Angst. Wirklich. Kein Schmerz. Nur Schiss, als wäre das gar nicht meine Hand am Ende meines Arms.

Thomas hob meinen Schläger auf. Ich blieb einen Moment auf dem Boden sitzen, auf dem grünen

Beton, ganz nah am Netz. Ich sah meine Hand und meinen verdrehten Finger an, ich konnte nicht anders. Mir lief es kalt den Rücken runter. Ich hatte nicht die Kraft aufzustehen. Mir war schwindlig.

Der Lehrer wollte, dass wir Mama anrufen, aber ich sagte, es würde schon gehen, ich könnte allein nach Hause. Thomas bot mir an, mich zu begleiten. Ich glaube, an dem Abend hatte er keine große Lust mehr zu spielen, die Tennisstunden draußen, in der Winterkälte, stanken ihm wohl allmählich.

Es war dunkel und wir liefen nebeneinander her. Thomas erzählte mir von seinem Vater, der wieder nach Hause zurückgekommen ist. Das war jetzt das dritte Mal, dass er im Streit abgezogen war, sich eine Wohnung gemietet und eine Weile mit einem fünfundzwanzigjährigen Mädchen gelebt hatte, einer angehenden Ärztin aus dem Krankenhaus, in dem er als Chirurg arbeitete. Thomas begriff nicht, wie seine Mutter das akzeptieren konnte, es machte ihn wahnsinnig, sie jedes Mal so glücklich und so schwach zu sehen, wenn er zurückkam. Die Straßen waren nass und überall lag Laub. Die Bäume waren fast kahl. Ich habe das alles gehasst. Ich habe den Winter immer gehasst. Abgesehen von Weihnachten und den Lichtern in der Innenstadt, dem Tannenbaum zu Hause, den Plätzchen, dem Marzipan und den Geschenken. Den Serien im Fernsehen früh am Morgen auf dem Sofa im Wohnzimmer, in die Decke gemummelt, meine Katze zu meinen Füßen, und der langsam blinkenden bunten Lichterkette. Abgesehen von dem Gefühl, das es in einem auslöst, wenn man wieder zurück in die Kindheit abtaucht, der Wärme, die einen einhüllt, und dieser sanften Erinnerung. Der Wirkung, wenn ich so tue, als wäre ich acht Jahre alt und Papa nicht tot: Er würde leise die Treppe runterkommen, sich neben mich aufs Sofa setzen, so tun, als würde er fernsehen und dabei wieder einschlafen, ganz nah, ganz nah, die Nase an meinem Hals.

Thomas ist mit mir ums Haus gegangen. Ich habe ihm gesagt, er soll sein Fahrrad an den Apfelbaum lehnen. Als wir uns verabschiedeten, dachten wir nicht groß nach und gaben uns die Hand, wie wir es seit ein paar Monaten taten. Es war wie ein Stromschlag, der Schmerz breitete sich in meinem ganzen Körper aus, vom kleinen Finger bis in die Füße, die Ohren, die inneren Organe. Ich schrie, und mein Schrei gellte lange durch die eisige Luft der Siedlung. Bevor ich reinging, wartete ich, bis der Schmerz nachgelassen hatte. Es dauerte eine Weile, aber danach war es, als sei nichts geschehen. Mein kleiner Finger stand rechtwinklig von den anderen ab, das war alles. Nur spürte ich ihn einfach überhaupt nicht mehr.

Ich klopfte ans Fenster. Die Scheiben waren beschlagen und hatten Eisblumen. Ich sah Mama wie einen Schatten durchs Wohnzimmer laufen und dann ihr blasses Gesicht an die Scheibe drücken. Mama ist nur noch ein Schatten, dachte ich, nur noch der Schatten ihrer selbst.

»Hast du mich erschreckt! Kannst du nicht durch die Tür kommen wie alle anderen?«

Sie küsste mich auf die Stirn. Der Fernseher lief. Ein Dokumentarfilm über Eulen, daran erinnere ich mich noch. Mama sieht sich gern solche Sachen an. Sie sagt, dadurch bekommt sie einen klaren Kopf.

»Wieso kommst du so früh?«, fragte sie mich.

»Ich bin beim Tennis hingefallen.«

»Du hast dir doch nicht wehgetan?«

Ich zeigte ihr meinen Finger. Sie hielt die Hand vor den Mund, wie um nicht zu schreien.

»Lass den Mantel an, wir fahren ins Krankenhaus.«

Mehr brachte sie nicht raus. Sie war aschfahl. Ich konnte ihr noch so klar sagen, dass es nichts Schlimmes war, nur ein verdrehter Finger, sie schien kurz davor, ohnmächtig zu werden, ihre Augen glänzten, als würde sie gleich anfangen zu weinen.

Auf dem Krankenhausparkplatz brauchte sie drei Versuche, um einzuparken, dabei war da genug Platz für vier oder fünf Autos. Ich sagte ihr, sie solle sich beruhigen, aber es nutzte alles nichts. Sie war völlig panisch. Überall suchte sie den Eingang zur Notaufnahme, dabei stand das in großen blinkenden Leuchtbuchstaben angeschrieben. In der Eingangshalle saßen ziemlich viele Leute auf Bänken und warteten. Bei der Anmeldung sagte man uns, wir müssten eine gute Stunde warten, bis ein Arzt sich um mich kümmern würde.

Durch die Fenster sah man die Stadt und die Lichter, den Fluss und die Eisenbahn, die Autoschlangen. Wir setzten uns zwischen zwei Männer. Der rechts hatte die Hand in einem blutgetränkten Lappen. Der links hielt sich den Kopf, als wollte er ihn sich abreißen, als ob ihm jemand Nadeln direkt ins Gehirn bohren würde. Uns gegenüber brüllte ein winziges Baby. Ich sehe das alles immer noch genau vor mir, als wäre es gestern gewesen. Unaufhörlich kamen Ärzte vorbei, den Blick auf große Krankenblätter geheftet. Alles wuselte wie in einem Ameisenhaufen. Ein Geruch aus Äther, Reinigungsmittel, Suppe und Medikamenten hing in der Luft und schnürte einem die Kehle zu. Ich fühlte, wie Tränen in mir aufstiegen. Mama merkte es und drückte mich an sich. Ich habe mich vor den Blicken der anderen nicht geschämt. Es war mir egal. Ich war fünfzehn, aber trotzdem. Der Krankenhausgeruch, die Struktur der Luft, das weiße Licht führten dazu, dass ich am liebsten geweint hätte, und vielleicht hatte das gar nichts mit Papa zu tun, aber vielleicht war es auch ganz anders und es hatte sehr wohl mit Papa zu tun.

Nach etwa vierzig Minuten kam ein junger Typ und hörte mich ab. Er sah sich eine ganze Weile meine Hand an, dann schickte er mich zum Röntgen. Ich folgte einer Krankenschwester in den Keller. Ich lief durch endlose schmale, leicht gebogene Gänge. Je weiter ich ging, desto näher schienen die blassblauen Wände zu kommen. Ich hatte Angst, erdrückt zu werden.

Schließlich kamen wir in einen großen grauen Raum. Ich musste meine Hand auf eine Glasplatte legen. Der Typ vom Röntgen schob das Gerät näher an meinen verdrehten Finger. Er sagte, ich solle mich bloß nicht bewegen. Ich habe mich gefragt, warum alle diesen Ton an sich haben, wenn sie mit mir reden. Diese unglaublich kalte, barsche Stimme, diese mechanische, total unmenschliche, unfreundliche Stimme.

Als ich zurückkam und der Fahrstuhl sich zur großen Eingangshalle hin öffnete, war Mama da und wartete auf mich, ganz klein und müde mitten unter den kranken Leuten. Ich habe ihr gewunken. Sie lächelte mich ein bisschen trauriger an, als die Situation es erfordert hätte.

Als der Arzt mir sagte, dass sie mich über Nacht und auch noch den nächsten Tag dabehalten würden, wollte ich mich beherrschen, aber es war umsonst. Die Tränen liefen mir die Wangen runter. Ich hatte das Gefühl, mein Herz würde sich zusammenziehen wie ein alter Schwamm, bis es trocken wurde und winzig wie ein Aprikosenkern. Mama sah mich mit einem Blick an, der ausdrücken sollte, mach dir keine Sorgen, mein kleiner Engel, mach dir keine Sorgen, alles wird gut.

Ich kannte den Blick sehr gut. Als sie mir sagte, dass Papa gestorben ist, hatte sie denselben.

Mit diesem Blick sah Mama mich an, aber trotzdem hatte ich den Eindruck, in dieser Winternacht würden mich in diesem Krankenhaus alle aufgeben. Ich hatte den Eindruck, ich würde nie die Kraft haben, dort eine Nacht zu verbringen, inmitten der Kranken, in diesen Gängen, die nach Salbe und Farbe rochen, in diesen Gängen, die nach Papas Tod rochen, nach Papas totem Geruch.

Ich weiß. Ich weiß, dass das mit fünfzehn lächerlich ist. Ich weiß. Aber ich bin lächerlich und kann es nicht ändern. Lächerlich und zerbrechlich. Schon ein Windstoß könnte mich umwerfen. Das sagt mir Mama schon immer. Und doch ist mein Vater gestorben, ohne dass es mich umgeworfen hat. Ich habe mich bis kurz vorm Zerbrechen gebogen, aber wie durch ein Wunder stehe ich noch aufrecht und kann sogar geradezu unendlich lebendig sein, so wie in jener Nacht, im Krankenhaus, bei Chloé, um sie herum und in ihren Augen.

»Ich hab keinen Schlafanzug«, sagte ich. Das war alles, was mir einfiel.

»Die werden dir einen leihen«, entgegnete Mama. »Außerdem schläfst du doch eh immer nackt.«

Ich habe mich lieber nicht gefragt, wie sie so was wissen kann. Die Krankenschwester bat Mama, mitzukommen wegen der Aufnahmeformalitäten. Mama küsste mich auf die Stirn. Ich sah zu, wie sie ging, und hatte das Gefühl, ich würde sie nie wiedersehen. Ich folgte dem Arzt durch die Gänge. Er erklärte mir, mein Finger sei gebrochen, ein verschobener Bruch. Es müssten noch weitere Röntgenaufnahmen gemacht werden, aber eins sei sicher: Ich bräuchte eine kleine Operation, danach würden sie mir einen Gips verpassen.

»Bekomme ich für die Operation eine Vollnarkose?«, fragte ich.

»Nicht unbedingt. Das hängt von den Röntgenbildern ab. Vielleicht reicht eine örtliche Betäubung deines Fingers, und dann richten wir ihn, krack, mit einem kurzen Griff wieder ein. Das wird dir ein bisschen komisch vorkommen, aber du spürst nichts, ich versprech's dir. Hier ist dein Zimmer. Leg dich aufs Bett. Gleich kommt eine Krankenschwester und kümmert sich um dich.«

Die Wände waren blassgelb. An der Decke hing eine lange Leuchtröhre. Sie machte ein grauenhaft kaltes, weißes Licht. Durch die Fenster sah man die Sterne, den Wipfel eines Baums, der sich sanft wiegte, und weiter unten die Stadt, verwandelt in eine Unzahl kleiner Lichtpunkte.

Zunächst achtete ich nicht darauf.

Und plötzlich begegnete mein Blick ihrem.

Und das war heftiger als ein Stromschlag.

♥ Chloé ♥

An dem Abend, an dem er kam, stand mir die dritte Nacht im Krankenhaus bevor. Schon zwei Tage wurde ich jetzt geröntgt und von Typen in weißen Kitteln schweigend abgehört, die mir ihre kalten Hände auf die Haut und die Knochen legten und dann drückten, bis ich vor Schmerz schrie.

Er kam rein und sah mich zunächst nicht an.

Mama war gerade gegangen, sie hatte mich fest in die Arme genommen, mein Stiefvater hatte mich auf die Stirn geküsst und die Lippen dabei stärker aufgedrückt als gewöhnlich. Ich hatte solche Angst, und sie wussten es. Die Art, mit der sie mir auf Wiedersehen sagten, hat mich nicht beruhigt. Im Gegenteil, sie vermittelte mir das Gefühl, ich hätte berechtigte Gründe, mir Sorgen zu machen. Sie drehten sich noch zehnmal um, bevor sie das Zimmer verließen, ich konnte spüren, wie bedrückt sie waren. Ich sehe sie vor mir, als wäre es gestern gewesen, und genauso auch ihn, mit seinem zusammengelegten Schlafanzug vor der Brust und einem Blick, der sich im Himmel hinter dem Fenster verliert, der über mich weggeht, ohne mich zu sehen, dann wieder zu mir zurückkommt und auf mir innehält. Für immer innehält.

All das sehe ich jetzt wieder vor mir, und ich höre nicht auf, daran zu denken. Ich gehe die Treppe runter, und im Wohnzimmer leuchtet die Sonne auf den Teppich und zeichnet Schatten darauf. Kein Geräusch ist zu hören, und ich hasse das. Ich lege die letzte CD von Air in den Player. Mama mag die auch. Sie findet sie »euphorisierend«, und ich muss lachen, wenn ich sie das sagen höre.

Ich nehme das Foto von Papa aus dem Bücherregal. Das gerahmte, auf dem er raucht und woanders hinsieht. Er erinnert an einen amerikanischen Schauspieler. Sein halb offenes Hemd, die stahlblauen Augen und die Adlernase. Wer würde glauben, dass in ihm drin alles so empfindlich war, dass sein Herz so schlecht schlug, dass da ein Pfeifen zu hören war? Wer kann das glauben?

Ich gebe ihm einen Kuss und stelle das Foto zurück. Das mache ich jeden Morgen, ich zwinge mich dazu, auch wenn ich anderes im Kopf habe, und ich weiß, dass Mama es genauso macht, dass sie manchmal mit ihm redet, ihn beruhigt, ihm sagt, dass jetzt alles gut geht. Dass er ihr fehlt, dass er ihr immer fehlen wird, man das aber nicht ändern kann. Dass sie damit lebt. Dass es nicht einfach ist, sie es aber tut. Sie erzählt ihm von meinem Stiefvater, sagt, dass er immer für sie da ist, dass er ihn nicht ersetzt hätte, aber dass sie ihn liebt. Dass er ihr nicht böse sein dürfe.

Ich mache das Fenster einen Spalt auf, um die Morgenluft zu schnuppern, diesen etwas herben Duft. Die Musik strömt in den Garten, und ich laufe barfuß durch das gefrorene Gras. Ich streichle den Birkenstamm, schaue im Vorbeigehen, ob der Meisenknödel immer noch fest aufgehängt ist. Ganz oben im Baum schaukelt leicht ein Spatz, er wirkt ganz durchgefroren. Der Briefkasten ist leer. Jeden Morgen ist er leer, oder es sind Rechnungen und Werbungen und solche Sachen drin. Jeden Morgen warte ich, laufe hin, hoffe und glaube daran, aber nein, auch heute Morgen ist nichts da. Es ist nichts da, und das bisschen Energie, das ich habe, verflüchtigt sich auf einen Schlag und lässt mich leer zurück, durchdrungen von großer Kälte.

Als ich wieder reingehe, bin ich völlig durchgefroren. Mama erwartet mich und legt mir eine dünne Decke über die Schultern. Ich trinke meinen Tee, der mir Lippen und Zunge verbrennt. Ich sehe auf die Uhr: Jetzt würde ich eigentlich in der Schule sitzen. In Mathe. Neben Jennifer, die mich hasst und die ich nicht ausstehen kann. Inmitten all der anderen, die nicht mit mir reden, ohne dass ich eigentlich weiß, warum.

Bestimmt mache ich ihnen Angst. Irgendetwas in mir muss ihnen Angst machen. Sieht man denn so deutlich, dass ich nach Papas Tod ebenfalls ein bisschen gestorben bin? Glauben sie etwa, dass Unglück ansteckend ist? Bin ich ansteckend? Ich glaube, mir ist das völlig egal. Im Grunde, ganz tief in mir ist mir das egal. Sie interessieren mich nicht. Ich verstehe nicht, was sie sagen, ich verstehe ihre Sprache nicht, ich bin nicht auf der richtigen Wellenlänge. Ich höre sie nicht mal. Wenn mein Blick ihnen begegnet, bleibt er nicht haften, er stößt sich nicht an ihren Körpern, ihren Gesichtern, er geht durch sie hindurch und schweift in die Ferne. Ich bin im Unterricht, aber ich bin nicht da. Ich bin nie da. Nie. Ich bin abwesend. Kein Anschluss unter dieser Nummer. Ich laufe den Gang entlang und habe das Gefühl zu fliegen. Irgendwer spricht mich an, und es ist wie Watte, als läge ein leerer Raum zwischen den anderen und mir. Ich lebe in einem Parallelzustand. Nichts berührt mich. Nur er. Er an jenem Abend. Als er hereinkam, hatte ich plötzlich den Eindruck, ich würde neu in die Welt kommen. Es war so heftig. Mir wurde ein Panzer abgenommen, die Haut, und ich stand nackt da. Da lag ich, wach, lebendig und beobachtete ihn, wie er sich auf sein Bett setzte, ohne mich aus den Augen zu lassen.

♥ Antoine ♥

»Wenn du schlafen willst, tu das bitte woanders, Antoine.«

Ich hebe den Kopf und meine Augen sind schwer, als hätte ich geschlafen. Die alte Carignac sieht mich angewidert an, sie beugt sich leicht zu mir runter, und ich sehe ihre ins Leere hängenden Brüste. Ich nehme meine Tasche, ziehe die Jacke an und gehe wortlos raus. Thomas winkt mir freundschaftlich hinterher. Die Schleimer aus der ersten Reihe starren mich an, als wäre ich der Teufel. Kurz bevor ich die Tür hinter mir zumache, packt mich die alte Carignac noch am Arm, streckt ihr Gesicht vor, ganz nah an meins, und zischt mir zu, so billig würde ich nicht immer davonkommen, ich sei ja vielleicht begabt, aber ich würde mich nicht mein ganzes Leben mit meiner Leichtigkeit des Schreibens, meinen literarischen Kenntnissen und schönen Worten aus der Affäre ziehen können. Meiner Meinung nach hat sie Unrecht. Ich bin ziemlich davon überzeugt, dass man ein ganzes Leben damit durchkommen kann. Dass man für viele Jobs nicht mehr braucht. Ich rieche ihr Supermarktparfüm und mir wird schlecht. Ich mache die Tür zu und stehe im Gang, der verlassen daliegt. Das Winterlicht, das durch die großen Scheiben dringt, macht alles kalt. Ich gehe durch den Park. Mit Radiohead, die mir in Endlosschleife *There There* vorsingen, fliege ich zwischen den kahlen Bäumen hindurch, meine Füße berühren kaum den Boden, den Staub und die mit Raureif bedeckten Rasenflächen.

Das Gittertor ist offen. Ein Lehrer läuft auf mich zu. Ich sehe, wie sein Mund auf- und zugeht. Ich vermute, er fragt mich, wo ich einfach so hingehe. Ich nehme den Kopfhörer nicht ab. Ich versuche nicht mal, zu verstehen, was er mir erzählt. Ich gehe schneller, auf der Straße remple ich Passanten an, und in meinem Kopf ziehen wieder und wieder dieselben Bilder vorüber.

»Hi. Ich bin Chloé«, sagte sie, und wirklich, einzig und allein für diesen Augenblick, in dem ich in ihr Blickfeld trat, in dem sie mir ihre Aufmerksamkeit schenkte und sich die Mühe machte, mich anzusprechen, hätte ich mehrere Jahre meines Lebens gegeben.

»Hi, ich bin Antoine«, brummelte ich und hatte einen trockenen Mund, daran erinnere ich mich noch, mein Kiefer verspannt, absolut zu nichts zu gebrauchen und wirkungslos.

Ich setzte mich auf mein Bett. Drehte mich um. Das Rolltischchen, die kleine Kommode, auf der sich Comics und Schokoladentafeln stapelten, der oben an der Wand befestigte Fernseher, in dem *Buffy – Im Bann der Dämonen* lief, die Fenster, die wie aus der Nacht ausgeschnitten waren, und unter der Decke in dem anderen Bett Chloé.

»Wegen was bist du hier?«, fragte sie mich.

»Wegen Mordes«, antwortete ich, und plötzlich fand ich mich absolut bescheuert und plump mit meinen miserablen Witzen.

Sie lächelte mir höflich zu, da zeigte ich ihr einfach nur meine Hand.

»Verdammt!«, rief sie.

»Und du?«

»Ich hab ein Stück toten Knochen in der Hüfte. Ich werde morgen operiert.«

»Ein Stück toten Knochen?«

»Mmm. Ein winziges totes Stück in mir drin. Deswegen blockiert meine Hüfte ab und zu, und das tut schrecklich weh.«

»Bekommst du eine Narkose?«

»Mmm. Sie machen mich auf, holen das Stückchen Knochen raus und ersetzen es durch ein künstliches.«

»Hast du Angst?«

Ich weiß nicht, warum ich sie das gefragt habe. Vielleicht einfach, weil ich an ihrer Stelle Angst gehabt hätte, auch wenn das bescheuert ist, auch wenn das gerade mal noch ein Sechsjähriger dürfte.

Chloé fing an, mich intensiv zu mustern. Mich so stark zu fixieren, dass ihre Augen mir auf der Haut brannten. Sie antwortete nicht auf meine Frage, aber an ihrem verzerrten Gesichtsausdruck, mit dem sie versuchte, mir weiter zuzulächeln, begriff ich, dass sie panische Angst hatte.

Eine Krankenschwester kam herein. Sie forderte mich auf, den Schlafanzug mitzunehmen und ihr zu folgen. Ich hatte nicht die geringste Lust, das Zimmer zu verlassen, Chloé ihrer Angst zu überlassen, ihr Blickfeld zu verlassen. Wir kannten uns jetzt drei Minuten, und schon hätte ich sie am liebsten nie aus den Augen verloren, nicht einen Augenblick, nicht eine Sekunde. Bevor ich rausging, habe ich ihr zugewunken und das Gesicht verzogen, was bedeuten sollte, »tut mir Leid«. Sie lächelte mich an und zuckte mit den Schultern. Ihre Lippen formten ein paar Worte, die ich nicht hören konnte und die sicher »bis nachher« bedeuteten.

Die Krankenschwester ging mir voran, und durch die angelehnten Türen begegnete ich den leeren Blicken von halb toten Alten, die in ihren Betten lagen, ich hörte sie husten und röcheln. Dann waren da Kinder, Männer mit eingefallenen Gesichtern, Frauen mit abgespannten Zügen. Am Ende des Ganges blieben wir stehen. Die Krankenschwester streckte mir ein Frottéhandtuch und ein Stück Seife hin. Mit einer Kopfbewegung deutete sie auf die Tür. Ich drückte die Klinke runter. Dahinter befand sich eine winzige Badewanne, über der ein rostiger Duschkopf hing.

Ich habe mich mit geschlossenen Augen gewaschen. Fast hätte ich vergessen, wo ich war.

Ich hätte überall sein können. Ich dachte an nichts mehr, das heiße Wasser lief über mein Gesicht, der

Strahl massierte mir die Wangen. Ich hörte, wie es an der Tür klopfte.

»Sag mal, mach nicht ewig. Ich werd nicht den ganzen Abend auf dich warten.«

Ich trocknete mich schnell ab. Wegen meiner kaputten Hand brauchte ich lange fürs Anziehen. Als ich rauskam, warf die Krankenschwester mir einen finsteren Blick zu.

»Glaubst du, du bist im Hotel?«

Sie führte mich zum Zimmer zurück. Neben meinem Bett wartete ein Tablett auf mich. Darauf ein Teller mit Bohnen und einem Stück Fleisch, beides kalt und zu lang gekocht. Ich hab nur den Joghurt, den Apfel und die zwei Stücke Brot gegessen. Chloé tat, als würde sie fernsehen, aber ich spürte deutlich, wie sich ihr Blick ab und zu vom Fernseher löste und sich wie ein Schmetterling auf mir niederließ, bevor er wieder aufflog und mit flatternden Flügeln weiterzog.

Auf dem Bildschirm massakrierte Buffy weiter mit ihren erbärmlichen Kung-Fu-Griffen Vampire. Sie sprang überall herum, fiel in den Staub, steckte Schläge auf den Schädel ein, und als der Kampf beendet war, stand sie trotz allem da ohne jeden Makel, das blonde Haar sorgfältig gekämmt, das

Make-up unversehrt, und nicht der kleinste Tropfen Blut oder der kleinste blaue Fleck verunzierten ihr hübsches Gesicht.

Ich dachte einen Augenblick daran, dass es im Ersten ein Fußballspiel gab, ich hätte Chloé beinahe darauf angesprochen, aber verzichtete dann doch lieber. *Buffy* war zu Ende. Chloé drückte auf einen Knopf der Fernbedienung, und der Bildschirm wurde schwarz. Das letzte Bild blieb ein paar Sekunden wie eine Doppelbelichtung stehen, wie eine unbestimmte Erinnerung oder ein Phantom. Ich hatte dieses Phänomen schon einmal beobachtet, und jedes Mal, wenn irgendwo ein Fernseher ausgemacht wurde, lauerte ich auf diese seltsame Erscheinung.

Im Zimmer herrschte nun Stille. Von Zeit zu Zeit hörte man die Schritte der Krankenschwestern im Gang, ein paar Worte, die sie wechselten. Chloé und ich fingen an, leise miteinander zu reden. Die Lichter waren aus, und die Nacht draußen war nicht dunkel. Die Straßenbeleuchtung machte den Himmel ein bisschen gelblich, und der Mond erhellte unsere Betten mit weißem Licht. Ich konnte sehen, wie sich ihr Gesicht abzeichnete, und ihre Umrisse schienen wie von einem silbrigen Lichthof hervorgehoben.

»Wann ist deine Operation?«, fragte ich.

»Morgen. Morgen früh geben sie mir die Narkose. Merkwürdig, aber ich habe das Gefühl, dass ich sterben werde. Ich kriege diese Vorstellung einfach nicht aus dem Kopf.«

»Bei mir ist das immer so, wenn ich einschlafe. Immer habe ich das Gefühl, ich kann nie wieder aufwachen, das ist das Ende.«

»Und macht dir das Angst?«

»Nein. Im Allgemeinen erleichtert es mich. Angst habe ich erst morgens, wenn ich aufwache.«

»Angst wovor?«

»Weiß nicht. Vor allem. Vor dem Leben.«

Ich weiß nicht, was mich dazu brachte, ihr das zu sagen, ihr diese Sachen zu erzählen, die ich nie irgendjemandem gesagt habe, nicht mal mir.

»Im Grunde bist du aber doch froh, wenn du dann aufwachst und nicht tot bist, oder?«, fragte Chloé.

»Ja, aber ich habe Angst.«

»Angst haben ist nicht schlimm. Besser man hat Angst als man ist tot. Tot sein ist zu einfach. Ich will morgen aufwachen. Ich will das. Aber ich weiß nicht, ich habe das Gefühl, dass mir was passiert.«

Chloé starrte mich an, und wieder sah ich in ihren Augen diese riesige Angst, so was wie Panik.

Ich stand auf und nahm ihre Hand. Ich weiß nicht, wo ich die Stärke und den Mut hergenommen habe, das zu tun, aber es kam, ohne drüber nachzudenken, es kam aus mir wie eine ganz selbstverständliche und natürliche Sache. Ich drückte sanft ihre Hand, während ich in meinem blauen Krankenhausschlafanzug neben ihrem Bett stand.

»Du wirst nicht sterben«, sagte ich.

»Was weißt du denn? Für wen hältst du dich?«

Und sie zog ihre Hand abrupt zurück.

Ich bin zurück in mein Bett. Es war nicht mehr das geringste Geräusch zu hören. Die Stille war dick, fühlbar. Genau das habe ich immer gedacht: Dass es Stille gar nicht gibt, dass sie nur ein ganz besonderes Geräusch ist, unerträglich und betäubend, etwas Kaltes, Zischendes und Unendliches.

Danach schaffte ich es nicht einzuschlafen. Die Stille war zu tief, und ich spürte immer noch ihre Hand in meiner, wie eine so präzise, intensive Erinnerung, dass noch ein wenig von der physischen Präsenz vorhanden blieb.

Chloé schlief auch nicht. Ich sah sie von Zeit zu Zeit an. Ihre weit geöffneten Augen waren auf die

Zimmerdecke gerichtet, und ihr Blick durchbohrte die Farbe, die Fliesen und die Platten und rammte sich tief in die dunkle Nacht. Irgendwann dachte ich, sie weint.

♥ Chloé ♥

Ich habe Mühe, in die Badewanne zu steigen. Ich habe immer noch Mühe. Meine Hüfte ist steif und tut weh, sobald ich das Bein zu hoch hebe. Auch wenn ich weiß, dass das nicht stimmt, habe ich den Eindruck, ich würde das kleine Stückchen Plastik spüren, das sie an die Stelle des toten Knochens gesteckt haben. Ich habe den Eindruck, einen Bolzen in meinem Inneren zu haben. Das Wasser ist kochend heiß, und meine Haut wird fast auf der Stelle rot. Ich schließe die Augen, und immer wenn ich sie schließe, sehe ich als Erstes ihn, dann meinen Vater, seine silbrigen Augen und die nach hinten gekämmten Haare, sein Lachen, wenn er mich durch die Luft wirbelt, und am Ende ist es eine Mischung aus beiden. Und doch ähneln sie sich nicht. Es ist einfach nur eine Ideenverbindung. Es hat nichts miteinander zu tun, aber beide fehlen sie mir. Und beide haben mich verlassen. Ich weiß, dass ich mir Antoine aus dem Kopf schlagen sollte. Ich weiß. Ich hatte mir vorgenommen, es zu tun.

In der Rehaklinik habe ich jeden Tag bei Mama angerufen. Ich bin rausgegangen, ein bisschen am Wasser entlanggelaufen, und in der Nähe des kleinen Hafens stand eine Telefonzelle für niemanden. Ich wählte die Nummer von Zuhause und beobachte gleichzeitig die Schiffe und weiter weg die orange- und rosafarbenen Felsen, die steil abfielen und im Meer verschwanden. In der Nähe standen riesige Kiefern voller Vögel. Abends kurz vor Sonnenuntergang fingen sie alle an zu kreischen, sie stießen kurze spitze Schreie aus wie Fledermäuse. Tausende von kurzen Schreien in der Stille der Küste im Winter. Mama hob ab, und allein schon der Klang ihrer Stimme ließ mich lächeln und sorgte dafür, daß sich in meinem Inneren etwas erwärmte. Wir redeten über dies und das, und bevor sie auflegte, fragte ich sie, ob nicht jemand angerufen hätte, ob ich keine Post bekommen hätte. Sie sagte nein und umarmte mich zum Abschied. Ich verließ die Telefonzelle, und meine Hüfte tat so weh. Ich ging langsam zur Rehaklinik zurück. Einmal bin ich sogar getrampt. Ein Typ hat mich mitgenommen, und auf der Rückbank saß sein stinkender Hund, der mit raushängender Zunge und sabbernden Lefzen laut hechelte. Der Typ hörte so Surferzeug, kalifornische Rockmusik, er lebte seit drei Jahren dort, arbeitete die Hälfte des Jahres in der Saison als Kellner, dann machte das Restaurant wieder zu, und er ließ es sich gutgehen. Ich wollte nichts sagen, aber so wie er mich zutextete, schien er vor allem wahnsinnige Langeweile zu haben. Man hätte meinen können, er hätte seit drei Jahren mit niemandem mehr geredet.

Die letzten Tage habe ich mir geschworen, nicht mehr an Antoine zu denken, wenn ich nach Hause komme. Ich habe mir geschworen, ihn aus meinem Hirn auszuradieren, aber es hat nichts genutzt. Zwei Wochen bin ich jetzt wieder hier, zwei Wochen habe ich meinen Alltag hier wieder aufgenommen, und nicht einen Augenblick geht er mir aus dem Kopf.

Ich lebe weiter in meiner Blase, weiter in so großer Entfernung von allem, aber jetzt ist er da, in meinem Inneren, ist er bei mir, wie mein Schatten und folgt mir Schritt für Schritt.

Ein paar Mal bin ich aus der Schule gegangen,

bevor der Unterricht zu Ende war. Ich nahm verschiedene Busse, durchquerte die Stadt, lief ein Stückchen und saß dann schließlich irgendwann auf einer Bank – vor dem Tor eines anderen Gymnasiums, seines Gymnasiums. In einem großen Park standen alte Gebäude. Durch das Gelände liefen Sandwege, die von niedrigen Holzbarrieren gesäumt wurden, auf denen Jungs in Gruppen von fünf oder sechs hockten. Sie rauchten lachend Zigaretten. Ich hatte keine Ahnung, wie sie es anstellten, so lebendig zu sein. Oft ging ich in den Park und auf sie zu. Ich entschuldigte mich, fragte sie, ob sie nicht zufällig einen Antoine Dahan kennen würden. Sie schüttelten entschuldigend den Kopf. Ich überließ sie ihren Gesprächen und ging wieder, ich verlief mich zwischen den Gebäuden, ging an Fensterfronten entlang und beobachtete prüfend die Gesichter in den Klassenräumen. Ein paar Mal dachte ich, ich hätte ihn von hinten erkannt. Ich wartete, bis er sich umdrehte, aber er war es nicht. Er war es nie. Ich stieß die Glastüren auf, ging die Treppen hinauf, die Gänge auf und ab. Ich wartete auf das Klingeln und stellte mich an den Ausgang des Parks. Das Gymnasium war unendlich groß, und vor mir zogen Scharen von Mädchen und Jungen vorbei. Ich konzentrierte mich, um ihn nicht zu verpassen.

Bestimmt habe ich mich nicht genug konzentriert.

Oder er hat das Gymnasium gewechselt.

Oder aber er hat nie existiert.

Ein paar Mal ging ich den umgekehrten Weg, lief Straßen entlang, nahm Busse, kam erschöpft nach Hause, grundlos ausgepumpt und mit den Nerven am Ende.

Ich lasse mich ins Wasser gleiten, es schlägt über mir zusammen, und ich halte den Atem an. Es klopft an der Tür, und ich tauche hustend auf. Mama sagt, ich solle mich beeilen, und fragt, ob ich Hilfe brauche, um aus der Wanne zu kommen. Ich sage ja, auch wenn das nicht stimmt. Sie kommt rein, taucht ihre Arme in das inzwischen lauwarme Wasser, umhüllt mich, hält mich, hebt mich ohne die geringste Schwierigkeit hoch. Ich klammere mich an ihren Hals, ich bin wie ein kleines Mädchen, als sie mir den Bademantel anzieht, mir die Haare trocknet und den Kopf mit einem Handtuch abrubbelt, ich bin wieder ein Mädchen, und Papa ist wieder im Wohnzimmer, wartet auf mich, um mich zur Schule zu bringen, wartet auf mich und raucht dabei seine erste Zigarette des Tages, seine Lieblingszigarette, die seinen Morgenkaffee begleitet, den er sehr schwarz und stark trinkt, so wie die Italiener, sagt er.

Papa fand immer, Italien sei das schönste Land der Welt. Er hat mich nie dorthin mitgenommen. Er sagte, wir hätten noch Zeit, es gäbe so viele Orte zu entdecken, Italien sei für später, vielleicht sogar, um dort zu leben. Er täuschte sich.

Ich erinnere mich an den Abend des EM-Finales, ich war zehn Jahre alt, mein Onkel war mit den Cousins bei uns zu Besuch, wir sahen uns das Spiel an, Papa war für Italien, und die anderen machte das wahnsinnig. Sie beschimpften ihn als Verräter, und ich verstand nicht, warum man sich für die eine oder die andere Mannschaft entscheiden musste, was das mit Sport zu tun haben sollte. Ich dachte einfach nur, man müsste auf der Seite der Mannschaft stehen, die das schönere Spiel spielte, die uns am besten gefallen würde. Als ich das sagte, fragte mich mein Onkel: Na, und, welche Mannschaft spielt deiner Meinung nach am besten? Ich hatte keine Ahnung, mir war das völlig egal, aber ich sagte Italien, ich sagte, ich wäre für Italien, wie Papa, und die Franzosen seien blöd, und er sei blöd, weil er für die Franzosen sei. Genau das sagte ich, daraufhin beschimpfte er mich als dumme Kuh. Ich glaube nicht, dass das böse gemeint war, aber Papa bekam es in den falschen Hals. Er stand auf und forderte meinen Onkel und seine Jungs auf, sofort das Haus zu verlassen. Der Ton wurde schärfer, ich dachte, sie würden sich gleich prügeln, Mama weinte, sie war hysterisch und wusste sich nicht mehr zu helfen. Schließlich sind sie gegangen, und Frankreich hat gewonnen.

In der Nacht blieb Papa im Wohnzimmer, rauchte Zigaretten, und ich schlief neben ihm auf dem Sofa.

In meinem Zimmer ziehe ich meinen schwarzen Rock und den malvenfarbenen Pulli an. Ich hole meine pflaumenblaue Samtjacke aus dem Schrank, lege sie über die Rückenlehne meines Stuhls.

Auf dem Schreibtisch liegen vollgekritzelte Blätter herum. Es sind die Briefe, die ich in der Rehaklinik geschrieben habe. Sie beginnen alle mit »Lieber Antoine«. Danach sagen sie, dass er mir fehlt und dass ich glaube, dass ich verliebt bin. Sie sagen, erinnerst du dich an mich? Sie sagen, was gibt's Neues, wo bist du, denkst du an mich? Sie sagen: Erinnerst du dich an den Fluss in der Nacht, den Schnee, und diesen Typen, der Feuer spuckte, erinnerst du dich an die Geschichte von dem Mann, der beim Gehen schrieb? Erinnerst du dich an unsere Küsse und unsere Haut, die sich berührt hat?

♥ Antoine ♥

Im Café spielen ein paar Typen Flipper, und es läuft dröhnend Radio NRJ. Ich behalte meinen Walkman auf, drücke mich in die Ecke der Bank, meine Lippen berühren meinen Wollschal. Ich ziehe mein völlig zerknittertes Blatt aus der Tasche, lege das Handy auf den Tisch. Es bleiben noch etwa zehn Nummern. Chloé heißt mit Nachnamen Martin, und das Krankenhaus, in dem ich ihr begegnet bin, ist zuständig für sechs Gemeinden. Ich weiß nicht, wo sie lebt, es ist idiotisch, aber ich habe sie nicht gefragt. Das macht eine ganze Menge Leute mit ihrem Familiennamen, eine ganze Menge Telefonnummern.

Ich betrachte meine rechte Hand, meinen Unterarm. Langsam wachsen die Haare wieder. Manchmal tut mir plötzlich der kleine Finger weh. Vor allem, wenn es regnet. Wie ein alter Mann mit Rheuma.

Wenn man genau hinsieht, ist der rechte Arm nicht so dick wie der linke, und ich finde, er riecht merkwürdig.

Ich schalte das Handy ein. Ich weiß nicht, ob mein Vorhaben was bringt. Vielleicht hat sie eine Geheimnummer.

Ich wähle die erste Nummer. Eine Frau nimmt ab, ich frage, ob ich mit Chloé sprechen kann. Hier gibt's keine Chloé, antwortet sie. Sie müssen sich verwählt haben. Ich lege auf und streiche auf meinem Blatt eine Zeile durch. Die Wirtin bringt mir einen Kaffee. Als sie sich vorbeugt, rieche ich ihr Parfüm, es ist dasselbe wie von Mama.

Ich kenne Chloés Familiennamen erst seit ein paar Tagen. Thomas' Schwester hat ihn mir gegeben. Sie hat gerade ihre Prüfung zur Krankenschwester gemacht, seit zwei Wochen arbeitet sie dort. Sie hat in der Patientenkartei rumgesucht und den Familiennamen von Chloé herausgefunden. Sie hatte nicht genug Zeit, nach der Adresse zu sehen, ihre Chefin kam und fragte, was sie da machen würde. Thomas' Schwester bekam Panik, hat die Mappe zugeschlagen und nie wieder gewagt, noch mal nachzusehen.

Ich habe ganze Seiten mit Telefonnummern ausgedruckt. Ich habe sie immer bei mir, und sobald ich Zeit und Mut habe, erledige ich ein paar davon. Wegen der Angst, die mich völlig auspumpt, kann ich nicht zu viele am Stück machen.

Die Angst, auf sie zu stoßen.

Die Angst, sie zu hören, mit ihr zu reden.

Die Angst, zu erfahren, was aus ihr geworden ist, mich davon zu überzeugen, was ich im Grunde genau weiß. Dass sie mich vollkommen vergessen hat, dass ich für sie nur eine entfernte, etwas unbestimmte Erinnerung bin.

Ich bestelle einen zweiten Kaffee, drehe den Walkman lauter, weil jetzt ein altes Lied von Leonard Cohen kommt, das so traurig ist, dass man es laut hören muss, damit es einen vollständig ausfüllt, damit es einen bis an den Rand der Augen mit Tränen füllt. Zurzeit weine ich beim kleinsten Anlass, das ist wie eine Art Rache. Eine Abrechnung mit mir selbst. Ich hab nie richtig verdaut, dass ich an dem Tag, an dem Mama mir sagte, es ist zu Ende, mein Engel, dein Papa ist gegangen, dein Papa ist im Himmel, nicht geweint habe.

Mama und ich reden nie von ihm. Ich glaube, sie braucht nicht von ihm zu reden, die Erinnerung an ihn ist derart präsent, derart intensiv und lebendig, dass man darüber kein Wort verlieren muss.

Mir dagegen wird, je mehr ich darüber nachdenke, immer stärker bewusst, dass ich im Grunde nichts von ihm weiß, dass mein Vater schon so lange tot ist, dass er für mich ein Unbekannter ist, oder fast.

Ich wische mit der Hand über die beschlagene Scheibe. Genau wie ich dachte: Es schneit. Ganz wenig, aber es schneit.

Wie in jener Nacht.

Wie in jener Nacht, als ich aufstand und die dicken weißen Flocken sah, die sich im Licht der Straßenlaternen abzeichneten. Sie fielen sehr schnell, und auf den Dächern der abgestellten Autos bildete sich bereits eine kleine Schneedecke.

»Was beobachtest du?«, fragte Chloé.

»Den Schnee«, antwortete ich. »Es schneit, hast du gesehen?«

Chloé stand auf. Zum ersten Mal sah ich sie stehen, von ihrer Bettdecke befreit. Sie machte zwei Schritte auf das Fenster zu, und ich bemerkte, dass sie leicht hinkte. Sie trug ein rotes Nachthemd, das ihr bis zu den Waden reichte. Sie lief barfuß auf den eiskalten Fliesen. Sie wirkte wie eine Tänzerin. Sie stellte sich neben mich und wischte mit der Handfläche über die beschlagene Scheibe.

»Wie schön«, sagte sie. »Ich würde ihn gern spüren. Ich mag es, wenn er einem auf die Haare fällt, wenn er sie gerade ein klein bisschen festigt, verstehst du, was ich meine?«

Als einzige Antwort nahm ich ihre Hand und zog sie zur Tür. Sie folgte mir widerstandslos, ohne auch nur eine Frage zu stellen. Ich hielt ihre Hand in meiner, das war das Verrückteste, was ich je getan habe, und es war Wahnsinn, wie weit weg plötzlich die Angst war, es war Wahnsinn, so absolut gar nichts zu planen, die richtigen Gesten im richtigen Augenblick zu tun, ohne auch nur darüber nachdenken zu müssen.

Ich weiß nicht warum, aber genau in dem Augenblick wußte ich das mit ihrem Vater. Ich wusste, dass er tot war. Wie sie so auf Zehenspitzen durch die dunklen Gänge lief, wirkte sie ganz wie eine Waise.

Nach Papas Tod habe ich ein Jahr lang nicht das geringste Wort gesprochen. Mama hat mich zu einem Arzt geschickt. Alle dachten, ich würde das absichtlich machen. Alle außer ihr. In Wahrheit war es, soweit ich mich erinnere, einfach unmöglich geworden. Irgendwas in meiner Kehle war so eng, dass kein Ton mehr rauskam, kein Wort konnte sich mehr einen Durchgang bahnen.

Und eines Tages kam es wieder.

Ohne Anlass, ohne sich anzukündigen. Mit einem Mal.

Ich erinnere mich noch, es war im Sommer, da waren ein Garten, die heftig brennende Sonne und das Summen der Bienen.

Mama hat vor Freude geweint.

♥ Chloé ♥

Mama ruft mich, sie fragt, wo ich denn bleibe, sagt, dass wir keine Zeit mehr haben werden, kurz anzuhalten und einen Kaffee zu trinken. Ich gehe die Treppe runter, und als ich im Wohnzimmer ankomme, sehe ich, wie es schneit, und mein Hals schnürt sich zusammen. Ich gehe ans Fenster, und meine Augen werden feucht, mein Blick verschwimmt. An jenem Abend fühlte ich mich in den Gängen so leicht an seiner Hand, als er beschlossen hatte, mich mit rauszunehmen, den Schnee fühlen. Wir verließen das Zimmer und liefen, beinahe ohne den Boden zu berühren. Jenseits der Schwingtüren war ein weiterer Gang, diesmal ohne Licht. Wir haben auch keins angemacht, wir tasteten uns mit den Händen an den Wänden den Gang entlang. Sie waren vollkommen glatt und angenehm.

Ich erinnere mich, dass man hören konnte, wie die Alten in ihren Zimmern husteten, röchelten und im Schlaf greinten. Mehrmals stießen wir an Wagen, auf denen sich Essensreste, Medikamente, Laborgläser und Instrumente stapelten. Die Gläser klirrten und die Rollen quietschten, aber niemand schien sich darum zu kümmern. Mehrfach hätte ich wegen meiner Hüfte, die immer wieder blockierte und innerlich scheuerte, vor Schmerz beinahe aufgeschrien. Trotzdem ging ich weiter, ich sah nichts, ließ mich führen, an seinem Arm spürte ich mein Gewicht nicht mehr, ich war widerstandslos.

Von Zeit zu Zeit sah ich, wie er sich umdrehte und mir ein Lächeln zuwarf oder eine Grimasse schnitt, ich war mir nicht sicher, im Halbdunkel konnte man das nicht erkennen.

Irgendwann schreckte ich auf. Aus einem Zimmer kam ein Typ heraus, und wir blieben abrupt stehen. Er wirkte eher jung, so zwanzig, fünfundzwanzig. Er trug einen Schlafanzug, der ihm zu groß war und ihm um den Körper schlackerte. Seine Augen waren so riesig, dass man kaum das Gesicht sah. Augen eines Wahnsinnigen, Augen, die von innen leuchteten, als würde dahinter Feuer lodern. Ich erinnere mich, dass ich mir das sagte, als ich ihn sah. Das waren genau die Worte, die mir durch den Kopf gingen.

»Na, gehen wir spazieren?«, fragte er.

»Draußen schneit es«, antwortete ich. »Willst du mitkommen?«

»Ich kann nicht. Ich würde gern, aber ich kann nicht. Ich gehe nur gerade mal eine kleine Kippe rauchen. In zehn Minuten muss ich wieder im Zimmer sein, wegen der Medikamente. Ich bekomme stündlich was.«

»Stündlich?«

»Ja. Sonst trudelt alles ab und ich übersteh die Nacht nicht.«

»Ist deine Krankheit so ernst?«, fragte ich.

»Ja, schon. Mein Blut. Es ist völlig im Arsch. Ich werde bald sterben, aber die Medikamente lassen mir noch ein bisschen Zeit. Ich leb jetzt seit vier Monaten im Krankenhaus.«

Antoine fragte ihn, ob es ihm nicht lieber wäre, ein für alle Mal Schluss zu machen, anstatt unter Medikamenten im Krankenhaus zu leben. Das hatte ich mir auch überlegt, aber ich hätte nie gewagt, ihn das zu fragen.

»Bist du völlig bescheuert oder was?«, antwortete der Typ. »Wofür werd ich mich deiner Meinung nach entscheiden bei der Wahl zwischen Leben und Sterben? Ich bin fünfundzwanzig, mein Gehirn funktioniert sehr gut. Ich huste mir die Lunge aus dem Leib, manchmal kann ich kaum stehen, ich schlafe achtzehn Stunden am Tag, aber ich bin klar im Kopf. Ich träume, lese, höre Platten, schreibe Gedichte. Wisst ihr, man darf sich nichts vormachen. Der Körper ist nichts, eine Hülle, Fleisch und Blut. Was zählt, ist der Kopf. Darin lebt man. Das Innere eines Kopfes ist unendlich viel größer als die Welt ...«

Er drückte seine Zigarette an der Wand aus, er musste wieder gehen.

»Ihr erzählt mir dann, wie's war«, sagte er.

Bevor er in sein Zimmer zurückging, zeigte er uns den Weg zu den Fahrstühlen. Das Krankenhaus war ein wahres Labyrinth, und überall kreuzten sich Gänge in verschiedene Richtungen. Immer wenn wir Schritte hörten, versteckten wir uns im nächsten Zimmer. Meistens waren sie dunkel, und in den Betten schnarchten Alte. Wir mussten uns irre anstrengen, nicht zu lachen, wir beide da in unserem Versteck. Wir warteten einen Augenblick, bis die Schritte sich entfernten, und wenn alles wieder schön ruhig war, gingen wir wieder raus.

Einmal jedoch lief ein Fernseher im Zimmer, und in den Betten lagen zwei verblüffte Frauen, die weit den Mund aufrissen, als sie uns sahen. Ich habe den Finger an die Lippen gelegt und sie flehend angesehen, mit Augen wie ein geschlagener Hund. Die Alten haben nichts gesagt und wieder den Fernsehmoderator angestarrt, der zum hunderttausendsten Mal Leuten zuhörte, die erklärten, sie seien dick und stolz darauf, man solle sich nicht um den Blick der anderen und das ästhetische Diktat der Zeit kümmern, Hauptsache, man würde sich in seiner Haut wohl fühlen.

Draußen wirbelten die Schneeflocken. Ich reckte meine Nase in die Luft, und er tat das Gleiche, und beide öffneten wir weit den Mund, um zu spüren, wie der Schnee auf die Zunge fällt und langsam schmilzt. Er machte es mir nach, wir schwenkten unsere ausgebreiteten Arme, wir waren völlig berauscht und durchfroren.

Wir verließen den Parkplatz. Die Straßen waren menschenleer.

»Vielleicht ist ja der Fluss zugefroren, und wir können drauf laufen«, sagte Antoine.

Ich fand es verrückt, dass er das sagte. Denn

genau in dem Moment hatte ich auch an den zugefrorenen Fluss gedacht. Papa hatte mich mit hingenommen, als ich klein war. Ich besaß keine Schlittschuhe, und er auch nicht, aber wir schlitterten besser als die Schlittschuhläufer in ihren glitzernden Klamotten und die Mädchen mit ihren grauenhaften Paillettenröcken. Ich schlug Antoine vor, uns das näher anzusehen. Er wirkte verstört, und einen Augenblick lang fragte ich mich, ob er mit seinem Vater Jahre zuvor auch Schlittschuhlaufen gegangen war. Ich holte tief Luft, aber dann war er es, der die denkwürdige Frage stellte. Die Frage, die mich von Anfang an beschäftigte. Die mir im Kopf rumging, ohne dass ich gewusst hätte, warum.

»Ist dein Vater auch tot?«

Antoine sah mir fest in die Augen. Sein Gesicht war aschfahl. Plötzlich spürte ich, wie mir die Beine wegsackten. Er nahm meinen Arm und ich fing an zu zittern wie Espenlaub, ich konnte nichts dagegen tun. In Gedanken sah ich Papa in seiner Lederjacke, wie er mich an der Hand hielt und lauthals Walzer singend übers Eis schlitterte.

»Entschuldigung, Chloé, ich hätte dich das nicht fragen sollen.«

»Ist nicht schlimm«, sagte ich. »Aber woher weißt du das?«

Um mich herum drehte sich alles, mir war schwindlig.

»Ich weiß nicht. Ich habe es gespürt.«

Das war alles, was er sagte. Ich machte die Augen zu, um wieder zu mir zu kommen. Ich holte tief Luft, versuchte, wieder zu Atem zu kommen, wie man es mir im Theaterunterricht beigebracht hatte. Wir liefen los, und es war wirklich das erste Mal, dass dieser Unterricht mir was nutzte. Mama hatte absolut darauf bestanden, dass ich mich dafür anmelde, um meine Schüchternheit zu bekämpfen, wie sie sagte. Aber dort wurde ich genauso merkwürdig angestarrt wie anderswo, und ich war so weit von allem entfernt, so absolut abwesend.

Wir liefen durch die Nacht, unsere Schritte knirschten im Schnee, der auf den Bürgersteigen lag. Die von einzelnen, erleuchteten Häusern gesäumten Straßen waren menschenleer und führten zum Fluss hinunter. Er sagte mir, er würde auf der anderen Seite wohnen, inmitten der großen Wohnblöcke. Ich wohnte noch weiter, ich glaube, dass ich nicht gesagt habe, wo genau, und ich denke mir, wenn ich es getan hätte, wäre heute alles anders. Bestimmt habe ich eine unbestimmte Handbewegung gemacht, die zur Nationalstraße und dem Wald dahinter deutete.

Am Ufer blieben wir stehen, der Fluss war zugefroren. Die Eisschicht war dünn, aber ausreichend, um ein paar Schritte darauf zu machen. Wir hielten uns aneinander fest, um nicht hinzufallen. Wir gingen einen Moment am Ufer entlang, dann entfernten wir uns davon und spürten unter den Füßen deutlich, dass das Eis immer dünner wurde. Ich stellte mir das dumpfe Geräusch vor, wenn es nachgeben würde und unsere Körper nach unten gezogen würden. Wir schlotterten, und immer wenn nicht weit entfernt Autos vorbeifuhren, spiegelten sich die Lichter. Als wir in der Mitte des Flusses ankamen, konnte ich nicht anders, ich küsste ihn, und es war intensiv und konfus, so als ob es schon tausendmal vorgekommen und gleichzeitig völlig neu gewesen wäre. Während wir uns küssten, drehten wir uns. Wir drehten und drehten uns. Von Zeit zu Zeit lösten sich unsere Münder voneinander und wir hoben den Kopf, und der Himmel und der Schnee und die Wolken drehten sich.

Wir machten kehrt, Blätter und Zweige rutschten über die Eisfläche.

Danach liefen wir am gefrorenen Wasser entlang und gingen zwischen Büschen und vollkommen kahlen Weidenzweigen hindurch. Ich fragte Antoine, ob alles okay wäre. Er antwortete, bei der Kälte würde er weder die Hand noch seinen verdrehten Finger spüren. Außerdem würde er sowieso schon seit Stunden nicht mehr daran denken. Das sagte er – mit einem Lächeln, das etwas anderes meinte.

♥ Antoine ♥

Es hat aufgehört zu schneien. Es hat nicht lang gedauert. Ich ziehe meine Jacke wieder an, verlasse das Café, und über den Straßen hellt sich langsam der Himmel auf. Der Wind weht heute so stark. Ich setze meinen Walkman wieder auf, drehe ihn so laut es geht, und der Typ darin singt so, wie man weint, seine Stimme spielt verrückt, und wenn man ihn hört, würde man drauf wetten, dass er in den nächsten Monaten freiwillig stirbt.

Ich gehe nach Hause. Von meinem Weg aus sehe ich von Zeit zu Zeit zwischen zwei Häusern den Fluss. An jenem Abend fing es an zu frieren, und sechs Tage lang kamen die Leute her und liefen Schlittschuh. Man hätte meinen können, man wäre in einem dieser Gemälde von Brueghel, die uns die Kunstlehrerin gestern gezeigt hat.

Ich sehe das von Bäumen gesäumte Band des

Flusses und könnte schwören, ich höre ihre Stimme, als wäre es gestern.

»Es tut so weh. Ich kann nicht mehr. Wirklich, ich kann nicht mehr.«

Das sagte sie, während sie sich die Hüfte hielt, geknickt wie eine kaputte Puppe und den Tränen nahe. Wir ließen den Fluss hinter uns, und ich wollte sie zur Straße tragen. Der Boden war gefroren und rutschig. Die schlafende Erde gab unter meinen Füßen nach, Chloé lastete auf meinen schmerzenden Armen, ich brach zusammen. Wir ruhten uns einen Moment am Fuß eines Baums aus. Ich musste wieder zu Atem kommen.

Ich rieb Chloé den Rücken und die Arme, damit sie nicht zu sehr fror. Wir küssten uns erneut. Dann ließen wir uns bis zur Böschung rutschen. Bis ganz nah ans Wasser, an der Stelle, die wie ein Strand war, eine winzige silberne Sandfläche, die in die durch die Kälte gestoppte Strömung hineinragte. Von Zeit zu Zeit hörte man etwas weiter oberhalb die Autos und in der Ferne Gelächter und Musik. Die jungen Leute aus der Gegend kamen häufig her, um Feuer zu machen, Bier zu trinken, zu rauchen und, die Augen geschlossen oder zum Himmel gerichtet, Musik zu hören, zumindest hieß es das in der Schule.

Chloé schmiegte sich an mich. Sie zitterte, sie wirkte plötzlich winzig. Sie murmelte etwas, was ich nicht verstand. Ich bat sie, es zu wiederholen. Sie richtete sich auf und sah mich derart intensiv an, dass ich ihren Blick, der starr auf meinen gerichtet war, nur mühsam ertragen konnte.

»Ich habe wirklich Angst, weißt du. Angst, morgen nicht wieder aufzuwachen.«

»Warum denkst du nur, dass so was passiert?«, erwiderte ich. »Wir sind nicht mehr im Mittelalter. Es ist ein modernes Krankenhaus. Sie setzen täglich Leute unter Narkose, und alle wachen immer wieder auf.«

Ich sagte das, um sie zu beruhigen, aber ich war nicht sicher. Ich hatte schon viele Geschichten gehört. Leute, die ohne erkennbaren Grund bei der Operation gestorben sind, als seien sie zu tief eingeschlafen. Andere, die erst mehrere Monate später wieder aufgewacht sind. Schließlich wieder andere, die für tot erklärt worden waren und ein paar Augenblicke später wieder anfingen zu atmen und merkwürdige Sachen erzählten. Von Gesichtern, die sie gesehen hatten, von Stimmen, die zu ihnen geredet und versucht hatten, sie zu beruhigen, von dem Tunnel und dem Gefühl, angesaugt zu werden. Dem weißen Licht und all diesen Sachen.

»Mein Vater ist so gestorben«, sagte Chloé.

Und ihre Stimme klang noch lange nach. Ich küsste sie, um zu verhindern, dass uns beiden das weiter im Kopf rumging. Ihr Mund war so weich, und ihr Körper in meinen Armen genauso.

♥ Chloé ♥

Ich rufe Mama, aber sie antwortet nicht. Bestimmt ist sie rausgegangen. Sie hat die Nase rausgesteckt, und eine Nachbarin hat sie aufgehalten. Und jetzt stehen sie, die Arme verschränkt, in der Stille des Vormittags, wenn viele arbeiten gefahren sind und die anderen in der Küche schnell im Stehen ihren Kaffee trinken, bevor sie sich wieder an den Haushalt machen, vor dem Haus und reden über dies und das.

Ich lasse mich in den Sessel fallen. Auf dem Teppichboden liegen die Zeitungen meines Stiefvaters herum. Nachrichtenmagazine, bei deren Lektüre er immer tiefe Seufzer von sich gibt. Ich weiß nicht, ob er über den Zustand der Welt klagt oder über den Zustand der Presse. Vielleicht über beides.

Der Wind hat den Himmel blank geputzt, und die Sonne brennt mir auf die Wange. Ich schließe die Augen, und die Wärme tut gut. Ich drehe mein Gesicht, meine Lider sind geschlossen und fangen an zu glühen. Ich sehe rot und orange. Ich wünschte, es würde mich auf andere Gedanken bringen, aber es geht nicht, das Feuer unter den Lidern lässt mich genau daran denken: an diesen Feuerspucker, dessen Freund bald sterben würde.

Nach dem Fluss und unseren Schritten auf dem Eis machten wir uns wieder auf den Weg. Die Zweige verhakten sich am Stoff meines Nachthemds und zerkratzten mir die Waden. Der Schnee fiel mir in die Augen und den Mund, ich war durchnässt, aber fror nicht. Wir stießen auf die Straße. Auf der anderen Seite ruhten hinter endlos langen Zäunen Flugzeuge wie erdölverschmutzte Vögel.

Auf Höhe des Parkplatzes spuckten drei Typen Feuer. Sie tranken ein paar Schlucke aus einer Plastikflasche und spuckten auf eine riesige Fackel. Die Flammen schlugen hoch und schienen davonzufliegen und in der Luft aufzulodern, bevor sie wieder erloschen. Die Typen winkten uns, und wir blieben einen Moment stehen und sahen ihnen zu, mit den Bäumen und dem Fluss, der dahinter floss. Es wurde immer kälter, ich fing an zu zittern. Antoine nahm mich in die Arme. Einer der Typen kam zu uns und legte mir seine Jacke über die Schultern. Dann hielt er mir eine Glasflasche hin. Ich trank einen Schluck und mein ganzes Inneres fing an zu brennen. Die Zunge, die Kehle und die Lungen. Antoine trank auch und hustete.

»Was treibt ihr denn hier zu dieser Uhrzeit?«, fragte der Typ.

»Wir sind im Krankenhaus da oben, wir wollten den Schnee sehen.«

»Seid ihr zu Fuß?«

Ich nickte.

»Na ja, ich muss eh gleich los und es liegt auf meinem Weg. Ich fahr euch hoch.«

Er packte seine Fackel ein und zog den schwarzen Overall aus.

»Das ist Spezialkleidung. Die brennt nicht. Die ist feuerfest.«

Darunter trug er eine alte Jeans und einen dicken grünen Wollpulli. Wir folgten ihm zu seinem Auto.

»Du hinkst«, sagte er und sah mich an.

»Das liegt an meiner Hüfte, die ist kaputt. Deshalb bin ich im Krankenhaus.«

Wortlos kam er näher, drückte mich an sich und

hob meine Beine hoch. Er hob mich hoch wie eine Prinzessin, und ich umschlang lächelnd seinen Nacken. Ich beobachtete Antoine und sah genau, dass ihm plötzlich etwas ganz heftig ins Herz stach. Eifersucht oder so was. Ich schloss die Augen, um noch einen draufzusetzen. Ich weiß nicht, warum, aber mir gefiel es, zu merken, dass er schon eifersüchtig war.

Antoine setzte sich vorne hin. Auf der Rückbank lag eine alte Decke. Ich brauchte eine Weile, bis ich begriff, dass die haarige Kugel, die zusammengerollt neben mir lag, ein Hund war. Als ich mich hinsetzte, knurrte er, der Typ sagte, ich solle keine Angst haben, er sei nicht böse. Der Motor röchelte wie einer von den Alten, dann brummte er los. Das Auto schepperte, man spürte, wie die Luft durch das Blech, die Türgriffe und die schlecht verschlossenen Scheiben drang. Ich sah auf den Boden, die groben, schlecht geschnittenen Stücke Teppichboden reichten nicht aus, die Löcher und den Rost zu verbergen. Ich dachte, ich würde die Straße unter meinen Füßen vorbeiziehen sehen, aber kaum fuhren wir los, wurde es nur ein undurchsichtiges Loch. Wir drei reichten uns reihum die Flasche. Ich gewöhnte mich allmählich daran, und die innere

Wärme tat gut, und auch, dass alles leicht, ganz leicht schwankte. Der Typ zündete sich eine Zigarette an und bot Antoine eine an, der sie sich in den Mund steckte, ohne sie anzuzünden.

»Die heb ich auf für später«, sagte er und warf einen Blick in den Rückspiegel.

»Man soll nie irgendwas für später aufheben«, entgegnete der Typ. »Später ist schon zu spät.«

»Was weißt denn du darüber?«, fragte ich.

»Ich weiß es, das ist alles. Was nicht gegeben wird, ist verloren. Was du behältst, ist hin. Das ist aus einem Lied, und manchmal sagen Lieder die Wahrheit. Man muss auf die Lieder hören. Na ja, nicht alle. Nicht auf die, die im Radio laufen.«

Danach sagte er nichts mehr. Auf dem Krankenhausparkplatz hielt er an. Mir brannten die Wangen und mir drehte sich der Kopf wie in einem Karussell.

»In welchem Gebäude seid ihr?«, fragte er.

»In ›B‹.«

»In ›B‹?«

»Ja, in ›B‹ wie ›behämmert‹.«

»Wenn ihr einem Typen in meinem Alter begegnet, der Nicolas heißt, dann grüßt ihn.«

»Wir sind vorhin einem Typen begegnet, aber ich

weiß nicht, wie er heißt. Er ist sehr krank. Eine Blutkrankheit. Vielleicht ist er das?«

»Das kann gut sein. Was macht er für einen Eindruck?«

»Als ob er bald sterben würde«, sagte ich. »Wer ist das? Dein Bruder?«

»Nein. Nicht mein Bruder, aber so ähnlich. Ich hab ihn jetzt zwei Monate nicht gesehen.«

»Warum besuchst du ihn nicht im Krankenhaus?«, fragte Antoine. »Das würde ihn sicher freuen.«

»Ich glaube nicht. Wir haben uns gestritten, kurz bevor er krank wurde. Das letzte Mal, als ich ihm begegnet bin, hat er nicht mal mit mir gesprochen. Außerdem hätte ich nicht die Kraft, ihn so zu sehen, glaube ich.«

Sein Blick verlor sich im Leeren, hinter der Windschutzscheibe, den kahlen Bäumen, den Gebäuden in der Nacht.

»Na, los jetzt. Bestimmt suchen sie euch schon überall. Und wenn ihr ihn seht, sagt ihm einfach nichts, das ist mir lieber so.«

Ich beugte mich vor, um ihm zum Abschied einen Kuss zu geben, und weil es so dunkel war, weiß ich nicht, was Antoine sich vorstellte, jedenfalls stieg er aus, ohne irgendwas zu sagen, und ließ uns zurück. Ich wollte ihn einholen, aber meine Hüfte tat so weh. Ich rief:

»Antoine, was machst du? Warte auf mich.«

Er tat so, als würde er nichts hören, und ging weiter, ich folgte ihm in einiger Entfernung, ich sah, wie er sich in den Fahrstuhl stürzte, und stellte mir vor, wie er die Gänge durchquerte, die Tür aufmachte und sich platt aufs Bett fallen ließ.

♥ Antoine ♥

Vor mir läuft ein Mädchen, ich habe den Eindruck, dass sie leicht hinkt. Ich gehe schneller, ich hole sie fast ein, aber sie steigt in einen Bus, ich also auch. Als sie drin ist, hält sie sich an einer Stange fest und wendet mir den Rücken zu.

In den Scheiben sehe ich ihr Gesicht im Profil und glaube sie zu erkennen, ich nähere mich ihr, ich bin außer Atem und habe weiche Knie, ich sage ihren Namen.

Sie dreht sich um, und sie ist es nicht.

Sie ist es so dermaßen überhaupt nicht, dass ich wütend darüber bin, es geglaubt zu haben – als hätte ich sie durch meinen Irrtum verraten.

Der Bus bremst und bleibt vor den Wohnblöcken stehen. Ich steige aus und bin nicht mehr so weit weg von zu Hause. Ich fühle mich völlig leer und erschöpft. Jedes Mal, wenn mir so etwas passiert, macht mich das leer und erschöpft. Am schlimmsten ist es, wenn ich glaube, sie am Arm eines anderen zu sehen. Ich glaube, sie zu sehen, und er küsst sie, und der Stich ist so heftig, dass ich das Gefühl habe, auf der Stelle zu sterben, genau wie in jener Nacht, als sie sich zu dem Feuerspucker beugte und ich glaubte, ich sehe, wie sie sich küssen. Und noch heute – auch wenn sie mir geschworen hat, das wäre falsch, ich hätte mich getäuscht –, noch heute bewahre ich das Gefühl dieses Stichs, dieses Nadelstichs, dieses Messerstichs, im Herzen.

Ich hatte geglaubt zu sehen, wie sie sich küssten, und war davongelaufen. Ich war ins Zimmer zurückgerannt und wusste doch genau, dass sie früher oder später nachkommen würde. Ich ging hinein, machte das Licht nicht an, zog meinen durchnässten Schlafanzug aus und legte mich nackt unter die Decke. Ich erinnere mich an die seltsame Stille, in der die Neonröhren im Gang summten. Obwohl alle Lampen im Zimmer aus waren, war es nicht ganz dunkel. Direkt über der Tür befand sich eine Milchglasscheibe zum erleuchteten Gang hin, und die Fenster hatten keine Läden. Ich hatte den Eindruck, es dauerte ewig, bis sie wiederkam. Bestimmt war sie noch einen Moment mit dem Typen im Auto geblieben, das war meine Erklärung. Bestimmt hatte er ihr aus seinem Leben erzählt, unglaubliche Geschichten, zum Beispiel, dass er mit Freunden in einem verlassenen Haus leben würde, dass sie alle Feuerspucker und Surfer und Musiker wären, und ich daneben würde ihr jetzt winzig und unbedeutend, erbärmlich und unsichtbar vorkommen, mit meinem kleinen verdrehten Finger und meiner Visage des Klassenbesten. So war meine Erklärung. Aber ich täuschte mich.

Ein paar Sekunden später kam Chloé und legte sich wortlos ins Bett. Sie atmete laut, war völlig außer Atem, und ich fragte mich, ob sie gerannt war, und machte mir riesige Vorwürfe. Dann hörte ich Stoffgeräusche und ein Stöhnen, ihre Hüfte muss ihr furchtbar wehgetan haben. Ich drehte mich vorsichtig um und sah, dass sie versuchte, sich im Bett umzuziehen, wobei sie sich ein bisschen krümmte.

Ich schloss für eine ganze Weile die Augen. Dann hörte ich, wie sie aufstand und zu meinem Bett kam. Sie beugte sich über mein Gesicht. Fragte mich leise, ob ich schlafe. Ich antwortete nicht. Ich spürte, wie Tränen und Wut in mir aufstiegen.

Sie legte sich neben mich.

Ich spürte ihren Körper auf der anderen Seite der Decke.

Und ihren warmen Atem in meinem Hals.

Nach einer Weile spürte ich, dass sie schlief.

Ich fühlte mich wohl. Die Augen geöffnet auf die Nacht.

Wenig später merkte ich, wie sie zitterte, und das verursachte mir Herzklopfen. Es war, wie wenn man aus dem Schlaf auffährt. Sie war zu mir unter die Decke gekommen, ihre Hand lag auf meinem Bauch.

Ich stand vorsichtig auf, nahm meine Schlafanzughose von der Heizung und zog sie an. Ihre Hand klammerte sich an meinen Arm, sie fing an, unverständliche Worte zu brummen, wie inständige Bitten oder so etwas. So was wie »ich hab Angst«, wie »ich falle«, wie »lass mich nicht«. Also ging ich wieder ins Bett und drückte sie an mich, ich umarmte sie, unsere Hände verschlangen sich, und mein Finger tat so weh, dass ich es nicht mehr spürte, ich war jenseits des Schmerzes. Alles kehrte sich um, hob sich auf, so wie wenn Schnee so kalt ist, dass er einen schließlich brennt. Ich drückte sie so fest ich konnte und flüsterte ihr Worte wie Liebesbriefe ins Ohr. Worte wie »ich bin da«, wie »hab keine Angst«, wie »es wird dir nie was passieren«.

Sie beruhigte sich langsam. Dann öffnete sie die Augen, und unsere Gesichter berührten sich fast. Sie drückte ihre Lippen an meine, und ihren Mund, das ist sicher, kannte ich besser als alles andere.

»Ich hab so Angst wegen morgen«, sagte sie.

»Mach dir keine Sorgen. Ich bin da. Dir kann nichts passieren, solange ich da bin. Ich bin mir sicher, alles läuft ganz normal. Nach der Operation wachst du in aller Ruhe auf wie Millionen von Leuten, die das jeden Tag tun, und dann bin ich bei dir. Ich halte dir die Hand.«

Sie antwortete nichts, aber ich wusste genau, dass alles, was ich ihr sagen mochte, nichts dagegen ausrichten konnte. Gegen ihre Angst zu sterben. Zu sterben wie ihr Vater. Genau wie ihr Vater. Ich redete weiter, flüsterte ihr Worte ins Ohr, und je länger ich redete, desto stärker schien sie sich zu entspannen. Nach einer Weile spürte ich, wie sie in meinen Armen weich und sanft wurde, und unsere Hände fingen an, uns überall unter der Kleidung über die Haut zu streichen. Wir küssten uns, bis es wehtat, unsere Zähne stießen aneinander und bissen auf unsere Lippen. Und wir lösten uns voneinander. Ganz behutsam. Um uns nicht wehzutun.

Sie richtete sich auf und stand auf. Sie trat vors Fenster.

»Es schneit nicht mehr«, sagte sie. »Wie schön das ist. Jetzt ist alles weiß. Wirklich herrlich. Morgen früh ist alles nur noch ekliger Matsch.«

Während ich ihr zuhörte, dachte ich, dass sie und ich im Grunde unfähig waren, die Dinge zu genießen, ohne gleich an später zu denken, wenn sie einmal entschwunden, davongeflogen, gestorben oder verschmutzt wären. Ich ging zu ihr, blickte aus dem Fenster, sah ebenfalls den Schnee an und sah genau wie sie zugleich das Weiß und das eklige Grau, das davon übrig bleiben würde. Ich vermute, der Umstand, den Tod zu nahe zu kennen, setzt einem solche Sachen ins Hirn. Ich vermute, genau das hat ihr und mir das ein bisschen zu früh ins Hirn gesetzt.

♥ Chloé ♥

In jener Nacht hatten wir beide kein Bedürfnis nach Schlaf. Wirklich nicht das geringste. Ich glaube, wir wollten so viel wie möglich voneinander haben. Als ob wir uns nie wiedersehen würden. Als ob am nächsten Tag alles verschwinden würde, er, ich, die Welt um uns herum. Mir wäre es wirklich lieber gewesen, bei diesem Gefühl des Dringlichen, das einem das Leben manchmal verursacht, wenn es sich beschleunigt, wenn das Blut plötzlich schneller pocht, hätte es sich einfach nur um eine blödsinnige Angst gehandelt. Mir wäre es lieber gewesen, wir hätten uns getäuscht.

Wir sahen uns an. Wir brauchten uns gar nichts zu sagen. Wir gingen wieder raus. Wir mussten. Bloß nicht einschlafen.

Daran denke ich, während ich in einem Buch blättere, während ich auf Mama warte, die nicht wiederkommt. Daran denke ich und stoße wieder auf den Brief. Ich habe ihn neulich in der Schule in meiner Tasche gefunden. Er ist von Frank, und ich weiß nicht, wie er ihn da reinstecken konnte. Ich wusste auch nicht, dass er meinen Vornamen, ja, dass er überhaupt von meiner Existenz weiß. Ich lese den Brief erneut und muss beinahe unwillkürlich lachen, aber ich sollte nicht. Liebeserklärungen sind ernste Dinge. Selbst wenn sie so schlecht geschrieben sind, selbst wenn sie so lächerlich und albern sind. Ich lese ihn wieder und frage mich wirklich, warum ich ihn noch nicht angerufen habe, ihm noch nicht vorgeschlagen habe, ins Kino zu gehen oder nächstes Wochenende für einen Nachmittag nach Paris zu fahren. Soweit ich Frank tatsächlich einmal angesehen habe, ist er ganz hübsch, grüne Augen unter dunklem Haar. Er ist eher schweigsam, und das verbirgt vielleicht große Tiefe. Ich sage mir das, ohne daran zu glauben. Ich sage mir das und mache mir Vorwürfe, nicht daran zu glauben. Ich wäre so gern in der Lage, zu etwas anderem überzugehen. Es ist schon so weit weg. Sechs Wochen sind es jetzt. Es ist so weit weg und doch so gegenwärtig, als wäre es gestern gewesen.

Ich schließe erneut die Augen und sehe die Gänge vor mir, die wie ausgestorben daliegen. Antoine läuft auf Zehenspitzen, er rennt beinahe vom Zimmer zu den Fahrstühlen. In der Ecke bei den Fenstern, neben den Sesseln und dem niedrigen Tisch für die Besucher, den randvollen Aschenbechern, den stapelweise herumliegenden Zeitschriften, steht er immer noch. Ich habe ihn dort gesehen, als ich kam. Ein schwarzer Rollstuhl mit zwei grauen Gummireifen, Sitz, Arm- und Rückenlehne aus schwarzem weichem Leder. Antoine schiebt ihn zu mir, dreht ihn so, dass ich mich reinsetze. Ich lasse mich fallen, und alles kippt nach hinten um. Ich liege am Boden und muss laut lachen. Ein Typ ruft aus einem Zimmer »Ruhe da draußen!«. Antoine hat tierische Mühe, mich aufzurichten. Wir machen uns auf den Weg. Ich hab noch das Quietschen des Gummis auf dem Boden im Ohr. Mir tut der Bauch weh, so sehr muss ich mich beherrschen, nicht zu lachen.

Im Fahrstuhl ziehe ich vor den Spiegeln Grimassen, und Antoine sagt, er würde mich selbst mit komplett verzerrtem Mund und allem anderen schön finden. Ich will, dass er mich küsst, also ziehe ich ihn zu mir, sein Mund ist kühl und weich, und ich lasse ihn die Hand auf Höhe der Brust zwischen zwei Knöpfen hindurch unter mein Nachthemd schieben. Wir halten vor dem Erdgeschoss an. Die Gänge sind gleich. Kaum beleuchtet mit langen Reihen von Türen und an den Seiten abgestellten Wagen. Man hört Babys schreien und weinen und die Stimmen der Mamas, die ihnen Schlaflieder singen, um sie zu beruhigen, die ihnen sagen, ist nicht schlimm, ist nicht schlimm, Mama gibt dir was zu essen, die sagen, schlaf, mein Kleines, schlaf, mein Engel.

Wir durchqueren die Station, ohne jemandem zu begegnen. Auf der anderen Seite der Schwingtüren stoßen wir auf weitere Fahrstühle. Wir betreten einen davon und stehen direkt vor dem Typen. Dem Typen mit der Blutkrankheit und den Augen eines Irren.

»Na, wie war der Schnee?«, fragt er.

»Kalt«, antwortet Antoine.

»Kleiner Schlauberger.«

Genau in dem Moment zieht ein unglaubliches Licht, ein jähes Aufblitzen durch seine Augen. Der Typ wirkt, als hätte er die Fähigkeit, sich von innen zu beleuchten.

»Bist du Nicolas?«, frage ich.

»Weiß nicht. Ich heiße Nicolas, aber ich bin

nicht sicher, ob ich der bin, den du meinst. Es gibt haufenweise Typen, die Nicolas heißen.«

»Na der, den ich meine, den soll ich von einem Typen grüßen, den er seit zwei Monaten nicht gesehen hat. Von einem Feuerspucker.«

»Dann nicht, dann bin ich nicht dein Nicolas.«

In dem Moment, als er das sagt, sehe ich, wie das Licht in seinen Augen erlischt und das Lächeln sich verkrampft. Kein Zweifel, er ist der Nicolas, den ich meine. Wir folgen ihm in die Gänge unten. Antoine fragt ihn, ob er jemanden oder etwas Besonderes suchen würde. Er antwortet nein, er laufe nur, um zu laufen. Solange er die Kraft habe, wolle er sie nutzen. Er fügt hinzu, dass ziellos herumlaufen das Beste sei, um sein Hirn funktionsfähig zu halten, dass die Bewegung des Körpers wie die Bewegung seines Denkens sei.

»Beim Denken gehen oder beim Gehen denken ist ein guter Schutz gegen schlaffes Denken, ausgetretenes Denken. Sessel sind gut zum Schlafen, aber um zu denken, muss man wach sein.«

Ich bin mir nicht sicher, ob ich verstehe, was er damit sagen will. Antoine nickt und sieht ihn fasziniert an. Dann fängt er an, uns von einem Mann zu erzählen, einem Schriftsteller, der im Krieg in ein Gefangenenlager kam. Der Typ schrieb seine Bücher im Kopf, während er lief, komplette Kapitel während der vorgeschriebenen Spaziergänge. Alles war in seinem Gehirn, Wort für Wort, Satz für Satz. Wenn er in die Baracken zurückkam, brauchte er nur noch alles aufzuschreiben. Als man seine Hefte fand, stellte man fest, dass er nirgends auch nur das Geringste korrigiert hatte. Weil das Papier rationiert war, war alles in einer winzigen, engen Schrift geschrieben.

Er fügt hinzu, man bräuchte beim Lesen dieses Buchs nur genau hinzuhören, dann würde man merken, dass der Typ es beim Gehen geschrieben hat, dass er es aufrecht, unter freiem Himmel geschrieben hat, geleitet vom Rhythmus seiner Schritte. Antoine hört ihm mit riesigen, funkelnden Augen zu, wie er uns seine Geschichten erzählt, und es gefällt mir, dass er solche Augen dabei macht. Als wir vor Nicolas' Zimmer vorbeigehen, bleibt er stehen und erklärt, er würde jetzt ins Bett gehen. Er sei müde, er müsse schlafen.

»Wartet einen Augenblick.«

Er verschwindet hinter der Zimmertür. Nach einer Weile kommt er mit einem Buch in der Hand wieder raus. Er hält es uns hin. Es heißt *La Peau et les Os*, Haut und Knochen. Das berühmte Buch des berühmten Typen.

»Lest es. Vielleicht nicht sofort, ihr seid noch zu jung, lest es in einiger Zeit, aber lest es. Ihr werdet sehen, was ein aufrechter Typ ist. Ein Typ, der die Augen weit geöffnet hält.«

»Und was ist mit dir?«, frage ich ihn. »Wirst du's nicht vermissen?«

»Ich? Ich kenne es auswendig. Und außerdem sind Bücher nicht dazu da, auf einem Bücherregal Staub anzusammeln. Man muss seine Bücher immer verleihen, die, die man gern gelesen hat. Man muss sie rumgeben.«

»Ich mag eh nicht so gern lesen«, sage ich.

»Aha, und was magst du dann?«

Ich bin unfähig, auf seine Frage zu antworten.

Stimmt im Grunde, was mag ich? Die einzige brauchbare Antwort, die mir in dem Augenblick einfiel, war Antoine, aber das trau ich mich nicht. Der Typ wünscht uns gute Nacht. Er küsst mich auf die Stirn, und danach sehen wir ihn nicht mehr.

Das alles sehe ich wieder vor mir, und das ist so schön. Einen Augenblick sage ich mir, dass ich jetzt bereit bin. In der Vergangenheit zu leben. In einer idealen Vergangenheit zu leben. Einer Vergangenheit, in der Papa noch leben würde. Einer Vergangenheit, in der alle Nächte jener Nacht ähneln würden.

Mama kommt ins Wohnzimmer gestürzt. Ihre Wangen sind ganz rot vor Kälte. Sie legt mir die Hand aufs Gesicht, und ich schreie auf, so eisig ist es.

»Los, zieh dich an. Wir fahren. Zieh dich warm an, es ist ganz schön kalt …«

♥ Antoine ♥

»Was machst du denn um diese Uhrzeit hier?«

»Und du?«, frage ich. »Und wer ist der Kerl da?«

»Antoine, bitte nicht in diesem Ton.«

Es ist Mittag, und Mama steht im Bademantel mitten im Wohnzimmer. Sie stellt ihr Tablett auf das niedrige Tischchen. Darauf stehen zwei Tassen und eine randvolle Kaffeekanne.

Als ich vorhin nach Hause kam, habe ich ihren Schatten hinter dem Fenster gesehen. Ich habe mich gefragt, was sie da verloren hat, wie es kommt, dass sie nicht bei der Arbeit ist. Und dann sah ich, wie dieser Kerl ihr näher kam, sah seinen nackten Oberkörper und den Kuss, den er ihr auf den Hals drückte. Ich bin in den Garten und musste kotzen. Ich habe mich auf die kalte Erde gesetzt, mich gegen den Stamm des Kirschbaums gelehnt, die

Rinde mit den Fingern gekratzt und angefangen zu heulen wie ein kleines Kind, zu heulen, wie ich es bei Papas Tod hätte tun sollen.

Ich beobachte den Typen hinter Mama. Er stopft sich gerade die Zipfel seines weißen Hemdes in die Jeans. Ich beobachte ihn und sage mir, dass er sehr gut mein Vater sein könnte, dass es fast kein Unterschied wäre. Er müsste mir nur Fotos von sich in jünger geben, und drei, vier Stunden Arbeit mit Fotoshop würden ausreichen, uns Erinnerungen zu erfinden, die wirklicher wären als meine. Es würde ausreichen, sich die Fotos sehr intensiv anzusehen, bis sie sich ein für alle Mal einprägen und festsetzen. All das sage ich mir, und ich weiß, dass es nicht stimmt.

Er setzt sich aufs Sofa und gießt sich Kaffee ein. Er zündet sich eine Zigarette an, und Mama nimmt meine Hand, und was sie mir jetzt gleich sagt, weiß ich schon, aber sie sagt es mir trotzdem, dass Papa jetzt sechs Jahre tot ist und was ich denn wolle, dass sie etwa auch wie eine Tote leben soll, dass sie aufhören soll zu leben vor lauter ständig an ihn denken? Ich weiß, dass sie Recht hat, aber das ändert nichts. Ohne was zu sagen, gehe ich in mein Zimmer hoch. Ich werfe meine Tasche aufs Bett, schleudere die Nachttischlampe auf den Teppich und schlage mit der rechten Hand auf die Wand und auf den Spiegel, und er explodiert in tausend Stücke. Ich spüre, wie mein kleiner Finger Risse bekommt, ich spüre, dass er nicht mehr wie vorher ist, dass er immer die Spuren von dem bewahren wird, was in ihm kaputtgegangen ist.

Ich blute kaum, und das Glas hat praktisch überhaupt keinen Lärm gemacht, als es auf den Boden gefallen ist.

Ich lege mich hin, schließe die Augen und denke wieder an jenen Morgen, an jenes plötzliche Gefühl, dass mir etwas weggenommen wurde. So was wie pulsierendes Leben. Ich denke an jenen Morgen und das, was ihm vorausging. An jene Nacht und das, was auf sie folgte. Das intensive Leben und dann das Gegenteil.

Als wir nach unserem kleinen Ausflug durch die Gänge ins Zimmer zurückkamen, war alles hell erleuchtet, und es standen zwei Krankenschwestern da, die uns anstarrten.

»Ja, was glauben Sie eigentlich, wo Sie sind? Was

ist denn das für ein Chaos? Wir haben Sie überall gesucht. Wir waren kurz davor, Ihre Eltern zu benachrichtigen. Ich habe sogar Ihren Vater auf dem Handy angerufen, junge Frau, Sie können von Glück reden, dass er nicht drangegangen ist.«

»Deinen Vater?«, fragte ich.

Chloé antwortete nicht, sie ging zu ihrem Bett, warf sich bäuchlings auf die Matratze und tat, als würde sie sofort einschlafen.

»Sagen Sie mal, meine Kleine, hören Sie überhaupt zu, wenn ich mit Ihnen rede? Wo waren Sie überhaupt?«

Chloé war unter die Decke geschlüpft. Nicht mal ihr Kopf war noch zu sehen. Man konnte erahnen, dass sie zusammengekrümmt dalag und zitterte. Die Krankenschwestern seufzten beide gleichzeitig und verließen dann das Zimmer.

Ich machte das Licht aus. Ich ging zu ihr. Ich berührte ihren Arm über der Decke, und sie brummte.

Ich legte mich neben sie. Sie drückte sich an mich. Ich drückte sie so fest ich konnte. Sie hob die Decke hoch, und ich kroch zu ihr. Mein Bauch drückte sich an ihren Rücken, ich atmete den Geruch ihrer Haare.

»Was ist das für eine Geschichte? Du hast mir gesagt, dein Vater ...«

»Sie meinten meinen Stiefvater. Er ist Rettungssanitäter. Hier kennen ihn alle.«

»Du kannst ihn nicht ausstehen?«

»Das ist es nicht. Ich mag ihn sogar. Manchmal, wenn er und Mama zusammen sind, geht es uns dreien so gut, dann ist alles so natürlich, als ob Papa nie existiert hätte, verstehst du?«

Wortlos zog Chloé ihr Nachthemd aus.

Ich konnte nicht anders, als unwillkürlich mit meinen Händen ihre Haut zu berühren.

Sie war vollständig nackt und wandte sich mir zu, führte meine Hände über ihre Brüste. Sehr langsam streichelte ich sie. Erst mit den Fingerspitzen und dann mit der Handfläche.

Sie schloss die Augen, und ich fuhr ganz behutsam mit meiner Hand über ihren Körper, von den Füßen bis zum Kopf, mehrere Male.

Sie bebte, und allein sie zu berühren war schon absolut wahnsinnig.

Auch ich schloss die Augen, sagte mir, wenn ich ihren weißen Körper unter der Decke sehen, ihn würde ansehen können, dann würde ich bestimmt auf der Stelle sterben, wie vom Blitz erschlagen.

»Mach die Augen auf«, sagte Chloé. »Sieh mich an.«

Ich gehorchte. Ich hob die Decke hoch, um sie besser ansehen zu können. Ihren weißen Körper. Ihre Haut, ihre Hüfte, ihre Scham. Sie lächelte.

Ich zog meine Sachen aus und wir drückten uns aneinander. Wie aneinander gesaugt, Haut an Haut.

Sie fuhr mit der Hand über meinen Bauch und weiter hinunter, nahm mein erigiertes Glied und sagte lachend:

»Ich wusste nicht, dass das so weich und so heiß ist.«

Dann beschleunigte sich alles, und unsere Zungen vereinten sich und unsere Körper genauso und alles drehte sich, und die ganze Zeit dachte ich, ich würde in eine andere Welt hinübergleiten.

Kurz bevor sie in bleiernen Schlaf fiel, sagte sie:

»Wenn ich morgen sterbe, habe ich wenigstens das noch erlebt.«

Ich schloss die Augen. Das Blut pochte mir in den Schläfen, strömte mit größter Geschwindigkeit durch meine Adern. Ich war unendlich lebendig, entschieden und klarsichtig. Ich hatte nicht das geringste Bedürfnis nach Schlaf. Ich hatte den Eindruck, nie wieder das Bedürfnis danach zu haben. Nie wieder.

Ich stand auf, deckte Chloé zu, und die Decke nahm genau die Form ihres Körpers an. Ich küsste ihre Stirn. Durch das Fenster sah ich, wie der Himmel heller wurde, wie die ersten Züge fuhren, wie das Band der Autos dichter wurde. Der Morgen kam näher.

Ich sah, wie über ihrem schlafenden Körper, über ihrem friedlichen Gesicht der Tag anbrach.

Die Hand der Krankenschwester auf meiner Schulter weckte mich. Ich saß zusammengekauert nackt im Ledersessel.

»Ich komm zum Blutdruck- und Temperaturmessen, mein Kleiner«, sagte die gewaltige Frau mit rot gefärbten Haaren und übertrieben geschminkten Augen. »Aber Sie werden was anziehen müssen, mein Junge.«

»Wo ist Chloé?«, fragte ich, nachdem ich einen Blick in Richtung Bett geworfen hatte.

»Sie ist weg zur Narkose. In einer Stunde ist die Operation.«

An dem Tag, an dem die Welt untergeht, wird

mich nichts mehr überraschen. Ich hatte meinen Teil schon. Ich machte die Augen wieder zu, ballte die Hände, und im Kopf hatte ich so etwas wie ein Gebet, dass sie nicht stirbt, dass ich sie nie verliere.

Ich zog den Schlafanzug an. Meine Bewegungen waren langsam und energielos, als ob das Leben sich aus meinem Körper zurückgezogen und dabei alles Blut und alle Muskeln mitgenommen hätte.

»Los, mein Kleiner, werden wir mal wach …«

Sie steckte mir das Thermometer ins Ohr. Drückte auf den kleinen Gummiball. Beobachtete die angezeigten Zahlen. Gab keinerlei Kommentar ab. Offenkundig war alles in Ordnung.

Wortlos nahm sie meinen Arm, verteilte Rasierschaum auf der Haut und griff nach einem Rasierer.

»Das ist zur Vorbereitung des Eingriffs. In einer knappen Stunde kommt der Chirurg.«

Die Klinge streichelte meinen Arm von einem Ende bis zum anderen, ohne sich nur für einen Millimeter von ihm zu lösen. Ich fühlte mich wie ein Apfel, der in einem Stück geschält wird, ich stellte mir vor, wie meine Haut sich in einer langen grünen, gelben oder roten Spirale löste. Danach ging die Krankenschwester, und ich war allein in dem stillen Zimmer. Ich betrachtete das Nachbarbett und fragte mich, ob Chloé wirklich existiert hatte, ob das alles wirklich passiert war, ob ich nicht geträumt hatte. Ich dachte an sie und den Schrecken, der sie gepackt haben muss. An ihre Panik in dem Moment, als sie die Narkose bekam. Ich fragte mich, ob sie im Moment des Abtauchens an mich gedacht hatte. Ich fragte mich, ob sie sterben würde.

Ein großer Mann kam herein, braun gebranntes Gesicht, Colgate-Lächeln und leicht graue Schläfen. Die Art Mann, vor der Mama jedes Mal dahinschmilzt, wenn sie ihn im Fernsehen sieht. Die Art Mann, die angeblich mehr oder weniger an George Clooney erinnert, mit der Andeutung eines verschmitzten Lächelns und so einer Art, einem nicht offen in die Augen zu sehen. Er nahm die Krankenakte und las sie laut vor. Dann stieß er einen tiefen Seufzer aus und setzte sich neben mich. Er nahm meine Hand und sah sie genauestens an. Nachdem er ein paar Mal mit der Zunge geschnalzt hatte, sagte er: »Ich komme wieder, wir regeln diese Sache und dann Schluss damit«, und ging hinaus. Ich habe mehr als eine Stunde gewartet. Ich fragte mich, ob es normal ist, dass Chloé noch nicht zurückgekommen war. Ich nahm an, ja.

Ich dachte auch an Mama. Es war fast 11 Uhr, und es sah ihr wirklich gar nicht ähnlich, daß sie nicht da in dem Sessel neben dem Bett saß, an den Nägeln kaute und sich unnötig Sorgen machte.

Dann kam der Typ mit einer Krankenschwester und einem Wagen voller Nadeln, Glasfläschchen und Kompressen zurück.

»Okay, wir brauchen dir keine Vollnarkose zu geben«, sagte er. »Wir betäuben nur deine Hand, genauer gesagt, den kleinen Finger. Dann richte ich alles wieder gerade. Danach ab mit dir zum Röntgen, um zu überprüfen, ob alles wieder an der richtigen Stelle ist. Du bekommst einen Gips, damit es sich stabilisiert, und raus mit dir, wir sehen dich dann in sechs Wochen wieder, um den Gips abzunehmen.«

Während seiner kleinen Rede füllte die Krankenschwester eine riesige Spritze mit einer durchsichtigen Flüssigkeit. Ich wollte lieber nicht daran denken, was sie gleich damit machen würde, ich wollte mir lieber nicht klar machen, dass das alles in meine Hand, unter meine Haut bis an den Knochen dringen würde. Als sie näher kam, machte ich die Augen zu. Ich spürte ihre Hand, die meinen Arm nahm, meine

Finger, die auf ihrem Bein ruhten. Die eindringende, tief eindringende Spritze, die alles zu durchstechen schien. Die Schreckensbilder, die dadurch im Kopf entstehen, der dumpfe Schmerz. Dann verteilte die Flüssigkeit sich allmählich, füllte die Haut wie einen Lederschlauch, bis meine Hand exakt den Eindruck machte, als würde sie gleich explodieren. Ich dachte wirklich, gleich würde alles platzen. Alles spannte so, ich spürte nichts mehr, meine Hand schien hart wie Stein, dicht und schwer wie Blei, als hätte man sie randvoll mit Gips gefüllt.

Ich machte die Augen wieder auf, und alles war intakt, nicht mal geschwollen, gar nichts. Nur innen drin war alles erstarrt und extrem verdichtet, so voll, dass ich mich am liebsten übergeben hätte. Der Typ fing an, meinen kleinen Finger zu betasten, ihn sehr behutsam zu bewegen. Dann zog er ihn nach oben, während er ihn gleichzeitig von der Seite an die übrigen Finger drückte. Ich sah besser nicht hin. Es wirkte schlicht barbarisch, so wie diese Szenen, die man in Filmen sieht, wenn die Typen in den Schützengräben sich die Knochen zurechtrücken, sie mit kurzen Bewegungen wieder einrenken, ein Messer zwischen den Zähnen und mit einem kräftigen Schluck Bourbon, um den

Schmerz nicht zu spüren. Ich hatte den Eindruck, ich würde aus etwas anderem bestehen als aus Knochen, Muskeln und Wasser. Es dauerte gute zwanzig Minuten. Als alles vorbei war, sah der Typ tief befriedigt sein Werk an. Er tätschelte mir väterlich die Schulter und zeigte mir dann den Weg zur Tür und zum Fahrstuhl.

»Da müssen Sie hin. Die warten auf Sie.«

Meine Hand war zwanzig Tonnen schwer, sie hing am Ende meines Arms und schien wie magnetisch angezogen den Boden berühren zu wollen. Mit dem Röntgenbild war alles in Ordnung, danach kam ich direkt zum Gipsen. Die Binden fühlten sich warm und feucht auf meinem Arm an. Wie durch Zauberei hat sich alles verfestigt. Das Gefühl dabei war grauenhaft. Was für ein Verlangen, die Finger und das Handgelenk zu bewegen, wie mich plötzlich alles juckte, wie sehr ich ab diesem Moment nur noch an meinen Unterarm, meine Hand und die Finger dachte.

Als ich den Gipsraum verließ, erwartete mich Mama. Sie hatte meine Jacke überm Arm und einen Packpapierumschlag in der Hand, wahrscheinlich mit meinen Röntgenbildern.

»Hallo, mein Liebling. Wie geht's? Hat's nicht zu sehr wehgetan? Zeig mal den Gips. Mmmh. Steht dir nicht schlecht. Gehen wir?«

»Und meine Sachen?«, fragte ich.

»Na, die hab ich«, antwortete Mama.

Sie streckte mir den Arm hin und ich konnte nicht anders, als ihn zu nehmen. Wir gingen raus und es schneite ein bisschen. Ich drehte mich ständig um, mein Hirn raste, um eine Ausrede zu finden. Ich fand keine, also sagte ich:

»Warte auf mich. Ich brauch nur zwei Minuten.«

Mama antwortete irgendwas, was ich nicht hörte. Ich rannte zu den Schiebetüren, durchquerte die Halle, stürzte mich in einen Fahrstuhl, rannte durch die Gänge und alles schien mir endlos. Ich öffnete die Tür, und sie war da, lag auf der Seite, zum Fenster gedreht. Ich ging zu ihr und sah, dass sie schlief.

»Was tun Sie hier?«

Eine weißhaarige Krankenschwester musterte mich.

»Sie schläft. Sie braucht jetzt Ruhe. Haben Sie was vergessen?«

Ich schüttelte den Kopf. Ich fragte, ob die Operation gut verlaufen sei, und sie erwiderte, alles sei okay, jetzt kämen mehrere Wochen Reha, aber alles sei okay.

Ich zog mein Buch aus der Tasche und riss eine Seite heraus. Darauf habe ich meinen Namen und meine Telefonnummer geschrieben. Mit der linken Hand, das kostete mich Stunden. Das Ergebnis war kaum lesbar. Total zittrig. Ich faltete das Papier zusammen und streckte es der Krankenschwester hin.

»Können Sie ihr das geben, wenn sie aufgewacht ist?«

Sie nickte, und heute sage ich mir, dass sie es ihr nie gegeben hat, dass das der Grund dafür ist, dass Chloé nie etwas von sich hat hören lassen, dass sie kaum Chancen hatte, mich zu finden, weil ich ihr, glaube ich, meinen Nachnamen nicht gesagt habe und wir sowieso nicht im Telefonbuch stehen, und ich habe nie verstanden, warum.

Ich bin zurück zu Mama auf den Parkplatz. Sie sah mich mit einem komischen Lächeln von der Seite an.

»Was hattest du vergessen?«

»Nichts«, antwortete ich. »Nichts. Ich wollte nur jemandem auf Wiedersehen sagen.«

»Jemandem? Einem Mädchen?«

Mama hatte diese Stimme, die ich hasse, ein bisschen spöttisch, ein bisschen verständnisvoll. Die Stimme, die sie immer annimmt, wenn sie mich ausquetschen will, wenn sie herausfinden will, ob ich vielleicht gerade eine Freundin habe.

Ich machte das Radio an und schloss die Augen. Mama drängte mich nicht weiter.

♥ Chloé ♥

Draußen ist alles unglaublich sauber, wie blitzblank geschrubbt. Dieses Licht ist hier selten. Es ist selten, dass Winterlicht wirklich Licht ist. Im Allgemeinen ist die Luft feucht und seltsam grau, dunstig und schmutzig. Die Straße ist abschüssig, es fehlt nicht viel, und man könnte glauben, sie würde zum Meer hinunterführen und an einem Hafen rauskommen. Mama pfeift im Auto vor sich hin und sagt, es würde ihr gut tun, heute nicht zu arbeiten, sie würde diese gestohlene Zeit mögen. Sie ist froh, mit mir zusammen zu sein, auch wenn es ihr lieber wäre, mich anderswohin zu bringen als in dieses grässliche Krankenhaus. Auch wenn das im Grunde nicht das schlimmste ist.

Denn das schlimmste, das ich kenne, ist das Krankenhaus, in dem Papa starb, in dem man ihn betäubte und in dem er nie wieder aufwachte.

Der Anästhesist hatte von einem minimalen Risiko gesprochen. Der Tumor war gutartig, aber sie wollten ihn lieber entfernen. Gutartig, minimal. Das waren die Adjektive, die Papas Tod vorausgingen, die ihn umgaben.

Wir fahren Richtung Innenstadt, wo sich eine Bäckerei, eine Kirche, eine Fleischerei, ein Fischgeschäft, ein chinesischer Delikatessenladen und eine Bank aneinander reihen. Mama hält an, um eine Zeitung zu kaufen, und wir trinken inmitten der Gerüche von Reisröllchen und süß-saurer Soße einen Kaffee. An den Wänden leuchten und glitzern künstliche Wasserfälle. Zwei dicke weiße Katzen sitzen auf der Theke und heben die rechte Pfote. Der Kaffee ist widerlich, und die Kellnerin lächelt uns zu, sobald unser Blick auf ihren trifft.

Mama setzt mich am Eingang des Krankenhauses ab. Seit der Operation, seit jener unvergesslichen irrealen Nacht habe ich keinen Fuß mehr dort hineingesetzt. Ich frage mich, ob die Tage, die sich seitdem angehäuft haben, wirklich existierten, ich frage mich, ob ich seitdem wirklich existiere.

Als ich aufwachte, war er nicht mehr da. Ich

weiß nicht, ob ich wirklich erleichtert darüber war, nicht tot zu sein.

Bestimmt.

Die Sache ist nur, dass das Leben genau in jener Nacht so stark zu pulsieren begann, dass es am nächsten Tag, als es von neuem nur noch das war, was es ist, an den Tod erinnerte. Das sage ich so und weiß, dass es falsch ist. Ich weiß, dass tot sein etwas anderes ist, dass tot sein gar nichts mehr sein bedeutet. Ich weiß das, sage es aber trotzdem. Ich weiß, dass es vollkommen falsch ist, sage es aber trotzdem, weil ich genau das empfinde: nicht vollständig lebendig zu sein – also mit jeder Faser des Körpers jede Sekunde absolut lebendig – bedeutet tot zu sein. Am Ende sage ich mir, dass man im Laufe eines Lebens nur am Rande lebendig ist, von Zeit zu Zeit, ein paar Stunden hier, eine Sekunde da, den Rest der Zeit steht man außerhalb, und man wartet, dass sich uns eine Hand entgegenstreckt und uns in die Welt zurückzieht.

In der Notaufnahme brüllt ein Baby. Ein Mann hat sich einen Schal um den Kopf gewickelt. Eine Alte redet allein vor sich hin, und ein super gut aussehender Typ hat gerade die Augen geschlossen und streckt das Gesicht zur Decke. Er atmet tief durch, man könnte meinen, er konzentriert sich, um den Schmerz nicht mehr zu spüren. Ich beobachte ihn einen Augenblick, er senkt den Kopf, öffnet die Augen wieder, und sie sind rot vom zu vielen Weinen. Ein Arzt geht auf ihn zu und legt ihm die Hand auf die Schulter. Ich kann nicht anders, ich denke unwillkürlich, dass man ihm gerade gesagt hat, sein Freund sei gestorben. Ich weiß nicht, warum ich denke, dass es sich um seinen Freund handelt, auch nicht, warum ich mir vorstelle, er sei gestorben. Es ist wie eine Vision, als sei es ganz offensichtlich.

Ich nehme den Fahrstuhl, und als die Türen aufgehen, mache ich die Augen zu und zähle bis fünf und sage mir (wie idiotisch), dass bei fünf Antoine da ist und lächelnd am anderen Ende des Ganges vor mir steht. Ich mache die Augen auf, und niemand ist da.

Bei der Anmeldung muss ich ein Formular ausfüllen. Im Wartezimmer blättere ich in Zeitungen. Ich wende die Seiten um, aber ich sehe nichts, mein Blick gleitet über das Papier, schafft es aber nicht, irgendwo haften zu bleiben. Die Tür öffnet sich. Der Arzt schüttelt einer dicken Frau mit roten Haaren zum Abschied die Hand. Sie sagt, danke,

Herr Doktor, ihre Augen leuchten, und ich stelle mir vor, dass sie gerade miteinander geschlafen haben. Ich weiß nicht, warum ich diese Manie habe, mir zu den Leuten immer irgendwas vorzustellen. Warum ich Geschichten zu ihnen erfinde. Der Arzt bedeutet mir, hereinzukommen, er beobachtet, wie ich laufe, und an seinem Lächeln sehe ich, dass er zufrieden ist, weil ich kaum hinke.

Nach dem Gespräch mit dem Arzt werde ich zum Röntgen geschickt. Als ich zurück bin, warte ich lange auf dem Stuhl, brav meine Röntgenbilder auf den Knien. Jedes Mal, wenn die Tür aufgeht, bedeutet mir der Arzt, sitzen zu bleiben, und ein anderer Patient verschwindet in seinem Sprechzimmer. Als ich endlich an der Reihe bin, zieht er alle Röntgenaufnahmen aus dem Umschlag, sieht sie sich eine halbe Minute an, dreht sich dann zu mir um und sagt mit seiner tiefen Stimme: Alles in Ordnung, junge Frau. Ich gebe ihm die Hand und gehe hinaus. Ich nehme nicht den Fahrstuhl, ich gehe durch die Schwingtüren, gehe an Dutzenden von Zimmern vorbei, finde schließlich unseres. Das Zimmer, das wir in jener Nacht geteilt haben. Ich mache die Tür auf, und die beiden Betten sind leer, die rosa Laken perfekt über die blassblauen Decken gezogen.

Ich lege mich einen Augenblick auf eines der Betten. Vor dem Fenster schwankt der Baum, der Himmel ist klar. Ich schlafe ein.

Ich richte mich auf und strecke mich. Ich spüre meine Hüfte. Ich habe keine Schmerzen, aber ich spüre sie. Dieses Gefühl ist sehr seltsam. Ich spüre diesen Teil meines Körpers, ich spüre ihn wie keinen anderen, aber es ist nicht schmerzhaft.

Ich betrachte das Zimmer um mich herum, das so leer ist wie an jenem Morgen, als ich aufgewacht bin. Ich erinnere mich auch an die Hand, die mich schüttelt und mir bedeutet, mich auf das Bett mit Rollen zu legen. Im Gang zieht die Decke vor meinen Augen vorbei und mir wird übel, ich habe Hunger und Durst, darf aber weder essen noch trinken. Ich werde durch stille Gänge gerollt, dann lässt man mich in der Stille eines riesigen Raums stehen. Eine ungeheure Lampe scheint auf mich gerichtet und schmerzt mir in den Augen. Ein Gesicht beugt sich über mich, es ist der Anästhesist. Er sagt etwas, aber ich glaube ihm nicht, ich weiß, dass er lügt, er sagt, ich würde nichts spüren und aufwachen, als ob nichts wäre, aber ich weiß, dass das nicht stimmt, ich spüre, dass ich sterben werde, dass ich nie aufwachen werde, so wird das nämlich ablaufen, das weiß ich, ich habe Beweise, genauso ist mein Vater gestorben. Die Nadel dringt in meinen Arm. Meine Augen werden schwer, und ich spüre, wie ich abtauche, wie ich verschwinde, ich erinnere mich, dass ich mir gesagt habe, so ist also sterben, so ist also verschwinden, sich gehen lassen, tief abtauchen und fühlen, wie das Leben sich mit einem Mal zurückzieht. Und es war so sanft. Ich dachte an Papa. Ich dachte, so sanft ist er also gegangen.

Ich stehe auf und verlasse das Zimmer, ich schaue ein letztes Mal zurück, und es hat gar nichts mehr mit unserem zu tun. Es ist einfach nur ein Zimmer, und es hat gar nichts von mir, von uns bewahrt. Man glaubt immer, Orte würden die Spuren unseres Aufenthalts bewahren, aber das stimmt nicht, Orte haben keine Erinnerungen, Orte sind tot, und wir bewohnen sie. Wenn man die Augen zumacht, existieren sie nicht mehr.

Als ich klein war, war ich von etwas überzeugt. Ich war sicher, dass die Welt nicht mehr existierte, in der Schwebe blieb, sich entmaterialisierte, sobald ich die Augen zumachte. Mama hat mir erzählt, dass ich als Kleinkind die Augen zumachte, wenn ich mich verstecken wollte. Ich machte die Augen zu und sagte: »Ich bin versteckt.« Daraufhin verließ sie den Raum. Ich machte die Augen wieder auf, und sie war nicht mehr da. Ich rief: »Mama, wo bist du?«, und sie antwortete mir: »Jetzt bin ich versteckt …« Im Grunde glaube ich, dass ich mich daran erinnere. Ich bin mir dessen fast sicher, auch wenn Mama sagt, es sei unmöglich, sich an so etwas zu erinnern, sich an sich selbst als so kleines Kind zu erinnern.

Im Fahrstuhl sage ich mir, sobald ich das Krankenhaus verlassen habe, ist es erledigt, ein für alle Mal ausradiert, dann werde ich diese Geschichte vergessen haben, werde Antoine vergessen haben und mich anderem zuwenden. Frank vielleicht. Daraufhin bleibe ich noch ein bisschen im Wartezimmer, mindestens eine Stunde, sehe die Decke an und denke ein letztes Mal an ihn, an unsere Küsse, an seine Haut, an seine Stimme, an seine Worte, an den Fluss und das Feuer, an unsere verschlungenen Körper.

♥ Antoine ♥

Im Bad desinfiziere ich die Wunde, ich lege einen Verband an. Ich betrachte mich im Spiegel und habe dunkle Ringe unter den Augen, so blasse Haut, eingefallene Wangen. Ich betrachte mich im Spiegel und sage mir, dass Chloé genau in diesem Moment irgendwo dasselbe tun wird, sie betrachtet sich in einem Spiegel, mustert eingehend ihr müdes Gesicht, das Gesicht einer indischen Prinzessin, die Augen einer Tänzerin. Es ist idiotisch, aber ich bin mir ganz sicher. Und auch, dass sie an mich denkt.

Die ersten Tage dachte ich bei jedem Telefonklingeln, sie sei es, sie würde mich anrufen. Dann musste ich mir einen Grund ausdenken. Ich zog es vor, mir die Geschichte mit dem in einer Tasche liegen gebliebenen Zettel zu erzählen. Einem Zettel, der eines Tages mit den Fingerspitzen tief in der Tasche gefunden, auseinander gefaltet und weggeworfen wird. Danach kamen die Ferien, und ich glaube, ich habe nie so sehr das Ende herbeigesehnt. Zwei endlose Wochen, und dazu mein Arm, der mich derartig juckte, dass ich manchmal mit einer Stricknadel oder einem Messer zwischen Gips und Haut fuhr. Stundenlang ließ mich die Vorstellung nicht los, meine Finger oder mein Handgelenk nicht bewegen zu können. Ich dachte an nichts anderes mehr, und das war quälend. Das Gefühl der Starre wurde quälend. Eine Qual, die mir den Schädel durchbohrte und mir Zahnschmerzen verursachte.

Mama hatte einen Bungalow am Meer gemietet. Alle anderen waren zum Skifahren, aber ich war nicht neidisch. Mit meinem Arm wäre ich sowieso dazu verurteilt gewesen, mir am Fuß der Pisten einen abzufrieren. Außerdem mag ich das Meer im Winter, die menschenleeren Restaurants, die verlassenen Strände voller Tang. Das Licht am Abend um sechs war so schön und machte das Meer türkisfarben und die Felsen leuchtend rot.

Es ging uns beiden gut, eingemummelt in unsere Mäntel und Decken, in den in orangefarbenes Licht getauchten Felsbuchten und dem mit Korkeichen bestandenen Gebirgsmassiv, allein auf dem langen Strand. Alles schien frei und klar, der Horizont genau wie unsere beiden Köpfe. Mama war schweigsam, aber ausnahmsweise mal beunruhigte mich ihr Schweigen nicht, sie schien nicht traurig, nur nachdenklich und müde. Sie las stundenlang. Ich machte die Augen zu, und die Musik hüllte mich ein, während die Sonne mir auf die Augenlider brannte. Ich schrieb endlose Briefe an Chloé. Ich schrieb mit der linken Hand und erzählte ihr, was sie schon wusste, ich erzählte immer dasselbe, ich hielt alle Einzelheiten jener Nacht fest. Ich saß auf dem Sand, an eine kleine Mauer gelehnt. Ich nahm mir Zeit. So weit der Blick reichte, brachen sich die Wellen an den Felsen und am Strand. Etwas weiter weg konnte ich das Reha-Zentrum sehen. Ich war mir nicht sicher, hatte aber den Eindruck, ich würde Gesichter sehen, die sich an die Scheiben drückten.

Ich habe nichts weggeworfen.

Alles ist in meinem Schreibtisch.

Alles ist dort für immer festgehalten. Vor dem Vergessen und der Zeit gerettet.

Abends aßen wir gegrillten Fisch. Die Kellner warteten, bis wir mit Essen fertig waren, dann machten sie Feierabend. Durch die großen Glasfenster sah man die Schiffe und den silbernen Widerschein des Mondes auf der schwarzen Wasseroberfläche.

Am Tag vor unserer Abfahrt gab es einen Temperatursturz. Morgens hatte es geschneit, und der Strand war völlig weiß. Wegen meinem Gips hatte Mama Angst, dass ich ausrutsche.

Die ganze Zeit über dachte ich im Grunde nur an eines: an das Telefon, das in unserem leeren Haus klingelte, im Halbdunkel des Wohnzimmers mit den geschlossenen Läden.

Wir kamen an einem Sonntag zurück, vor zwei Wochen. Die Schule fing wieder an, und mir wurde früher als geplant der Gips abgenommen.

Mehrere Tage lang hatte ich den Eindruck, meine Haut würde nach totem Fleisch riechen.

Von meinem Zimmer aus höre ich ihre Stimmen, nach einer Weile schlägt jemand kraftlos die Tür zu. Ich sehe aus dem Fenster, und der Typ geht durch den Garten. Der Rasen ist voller Löcher, und mit den gefrorenen runden kahlen Erdstellen sieht er schäbig aus. Außerdem sind da noch die Maulwurfshügel und die riesigen Pilze am Fuß der Birke. Der Typ geht die Straße entlang. Er haucht in die Hände, bleibt vor einem neuen blauen Auto stehen. Er fährt los, und ich sehe dem sich entfernenden Wagen nach. Mama kommt die Treppe herauf, ich weiß, dass sie versuchen wird, reinzukommen, ich habe abgeschlossen, sie lässt mich in Ruhe. Ich höre das Geräusch der Dusche. Als das Wasser nicht mehr fließt, gehe ich ins Wohnzimmer hinunter. Ich mache mir einen kochend heißen Tee, trinke ihn und habe keine Zunge mehr. Ich atme tief durch und ziehe meine Liste aus der Tasche. Es bleiben nur noch zwei Nummern. Ich wähle die erste. Eine Frau nimmt ab, ich sage guten Tag, ich würde gern mit Chloé sprechen, sie sagt, o nein, da müssen Sie sich getäuscht haben, welche Nummer wollten Sie anrufen? Ich antworte nicht, ich lege auf, ohne auf Wiedersehen zu sagen, ohne mich zu entschuldigen.

Es bleibt nur noch eine Nummer, das ist die letzte Chance, und ich weiß, dass es aus ist, dass es schon seit langem aus ist, dass wir uns nur für die Dauer einer Nacht begegnet sind, sie und ich, und dass das alles hinter uns liegt, verscharrt, vergraben, eine Erinnerung unter anderen.

Mama steht im Türrahmen und beobachtet mich mit nassen, schwarzen Haaren. Ich hatte nicht gehört, wie sie heruntergekommen ist. Manchmal ist sie so leicht, dass sie kaum existiert. Sie senkt den Kopf, wie sie es häufig tut.

»Wir müssen die Tage mal ein paar Takte reden. Aber nicht jetzt. Jetzt komm. Es ist Zeit.«

»Zeit wofür?«, frage ich.

Sie hat dieses komische Lächeln auf den Lippen, dieses Lächeln, das sie immer hat, wenn es um Mädchengeschichten geht.

»Mama, ich hab was zu erledigen.«

»Was zu erledigen?«

»Einen Anruf.«

»Na, dann erledige ihn, danach fahren wir los. Ich geb dir fünf Minuten.«

Sie sieht auf meine Hand und den Verband. Für einen Augenblick wird sie blass, aber sie beschließt, nichts zu sagen, ich weiß nicht, warum. Das sieht ihr gar nicht ähnlich.

»Ich warte im Auto.«

Sie verlässt das Wohnzimmer, und ich wähle die letzte Nummer. Ich wähle, aber weiß schon vorher, dass es unnötig ist, dass es nichts nutzt. Niemand hebt ab. Dann schaltet sich ein Anrufbeantworter ein. Die Stimme einer alten Frau murmelt die üblichen Worte. Nach dem Pfeifton stoße ich einen

Schrei aus. Ich schreie und habe den Eindruck, meine Stimmbänder geben eins nach dem anderen ihren Geist auf. Ich stelle mir vor, was die Alte für ein Gesicht macht, wenn sie ihre Nachrichten abhört.

Ich ziehe meinen Mantel über und gehe hinaus.

Mama sitzt am Steuer, eine Zigarette im Mund. Ich finde sie plötzlich schön, wie sie so hinter der Windschutzscheibe sitzt. Sie ist winzig. Sie wirkt wie ein kleines Mädchen. Sie ist eine Vogelfrau. So hat Papa sie genannt: seine kleine Vogelfrau.

Wir fahren durch die Wintersonne. Es ist früher Nachmittag, man könnte glauben, es sei morgens. Das Licht ist hart, und alles wirkt schärfer. Mama sagt, sie hätte eigentlich vorgehabt, mich in der Schule abzuholen, am Ende des Unterrichts, aber ich wäre ja früher nach Hause gekommen und das wäre auch besser so, denn bei den Massen, die sich um diese Uhrzeit zum Bus drängten, hätte sie mich leicht verpassen können. Ich weiß nicht, was sie da im Schilde führt, ich weiß nicht, was wir hier machen, und auch nicht, warum sie heute nicht bei der Arbeit ist.

Wir fahren den Fluss entlang, und ich sehe, dass wir uns Richtung Krankenhaus bewegen. Ich überlege und versuche, mich zu erinnern, aber ich komme nicht drauf. Ich glaube nicht, dass ich heute einen Termin habe. Es war überhaupt nie die Rede davon, noch mal wiederzukommen. Als vor zehn Tagen der Gips runterkam, benutzte der Krankenpfleger dafür eine kleine runde elektrische Säge, ich musste mir unwillkürlich vorstellen, dass er abrutschen und mir den Arm bis zum Knochen aufschneiden würde, ich mußte mir unwillkürlich vorstellen, wie das Blut spritzt. Die Kontrollaufnahme beim Röntgen war perfekt. Ich sollte nur wiederkommen, falls ich Schmerzen hätte. Was machen wir hier, warum parken wir hier auf dem Parkplatz, direkt gegenüber von den Schiebetüren?

Mama stellt den Motor aus und bleibt angeschnallt. Sie rührt sich nicht, blickt starr geradeaus, zündet sich eine Zigarette an, hustet, und im Profil weiß man nicht, wie alt man sie schätzen würde.

»Was machen wir hier?«, frage ich.

»Du wirst schon sehen.«

Mehr sagt sie nicht. Sie zieht eine Zigarette aus der Schachtel und zündet sie am Stummel der vorherigen an. Zwischen zwei Zügen fährt sie mir mit der Hand durchs Haar und verstrubbelt es. Die Heizung brummt wie eine Hummel. Ich strecke die Hand zum Radio aus, aber Mama fasst mich am Arm. Sie bedeutet mir, nach draußen zu sehen.

»Ist sie das nicht?«, fragt sie.

Die Sonne stößt sich an der Windschutzscheibe und blendet mich. Ich kneife die Augen zusammen und versuche nicht, zu begreifen, wie das möglich ist. Ich sehe Chloé.

Ich blicke Mama fragend an. Sie antwortet nur:

»Na los, geh hin, beeil dich, ich erklär's dir später«, und ich stürze nach draußen. Ich warte nicht, dass Mama mir was erklärt, ich gehorche und gehe raus. Ich versuche nicht, es zu begreifen, versuche nicht, die Situation zu analysieren, ich weiß ganz genau, was das bedeutet, ich weiß ganz genau, dass das alles nicht möglich wäre, wenn Mama nicht in meinen Sachen herumgekramt hätte, meine Briefe gelesen hätte, meine Tagebücher, auf meine Listen mit Telefonnummern geschaut hätte. Ich denke lieber nicht darüber nach und renne zu Chloé, ich versuche, ihren Namen zu rufen, aber er bleibt mir in der Kehle stecken.

Ich bin nur noch ein paar Meter von ihr entfernt.

Sie wendet mir den Rücken zu, bewegt sich zu einem Auto. Darin sitzt eine Frau, die ihr zulächelt und winkt.

Mamas Auto verlässt den Parkplatz und biegt Richtung Fluss ab, es verschwindet auf der Straße, die nach unten führt.

Chloé spürt, dass jemand da ist, und dreht sich um. Ihr Gesicht erstarrt. Dann lächelt sie mich an. Sie ist leicht geschminkt. Sie trägt kein Nachthemd, sondern einen schwarzen Rock, einen malvenfarbenen Pulli und eine pflaumenblaue Samtjacke. Sie wirkt nicht zerbrechlich, sie wirkt nicht wie ein Vogel, eine Tänzerin oder eine Fee. Sie ist all das zugleich und jemand anderes, den ich nicht kenne.

Wir stehen da, uns gegenüber.

Wir sagen nichts.

Wir sehen uns in die Augen, und das ist alles.

»Wartest du einen Moment?«

Sie geht zum Auto, zu ihrer Mutter, also ich vermute, es ist ihre Mutter, ich glaube, sie ähnelt ihr, ich weiß nicht, ich weiß das bei solchen Sachen nie, alle sagen mir immer, ich würde Papa ähneln, alle sagen es, und ich verstehe darunter, dass ich einem Toten ähnele. Das Ebenbild eines Toten.

Sie reden drei Sekunden miteinander.

Chloé küsst sie auf die Wange, und das Auto fährt los.

Chloé läuft zu mir. Die Sonne fällt direkt auf sie und blendet mich.

Sie lächelt mich an.

Da sind wir nun allein, wir beide, voreinander, auf dem halb leeren Parkplatz, über den der Wind fegt.

Wie die Liebe so spielt

Albertine leidet an Klaustrophobie. Das behauptet sie jedenfalls. Und sie ist total in Baptiste verknallt, der wie ein Engel aussieht. Albertine überlegt, ob sie nicht lieber Kleptomanin werden soll wie die hübsche Jade. Um die kümmert sich Baptiste nämlich ganz rührend …

Shaïne Cassim
Tränen und Schokolade
Eine Liebesgeschichte
Band 80530

generation

fi 80530 / 1

Kéthévane Davrichewy
Schokoladeneis
Aus dem Französischen von Ilse Strasmann
Band 80304

Thalie ist siebzehn, macht gerade Abitur und steht auf der Schwelle zu einem neuen Lebensabschnitt. Doch so unkompliziert, wie sie es sich vorgestellt hat, ist das Leben nicht. Thalie lernt den jungen Filmemacher Maxence kennen. Eigentlich findet sie ihn ja arrogant und versnobt. Wie kommt es dann, dass sie fieberhaft auf seinen Anruf wartet? Als Maxence beschließt, aus beruflichen Gründen für mehrere Monate nach Mexiko zu ziehen, wird ihr klar, dass sie die Chance ergreifen muss, ihr Leben zu verändern ...

generation

fi 80304 / 1

Auf einer Wolke aus Zuckerwatte und Bitter Lemon

Warum macht sich Thomas nichts mehr aus Opa-Ferien, Zebras und Zimtschnecken? Ida hasst ihren Bruder dafür, dass er jetzt nur noch Marias-und-Thomas'-Anrufbeantworter-wir-können-nicht-ans-Telefon-kommen-Thomas ist. Sie klettert auf ihren Gedankenbaum und will nie wieder runterkommen. Bis plötzlich Linn mit den schönen Augen auftaucht, Linn, die auf alles eine Antwort weiß. Und immer Recht haben muss. Auf einmal wünscht Ida sich, der Sommer möge nie zu Ende gehen.

Ragnfrid Trohaug
Besetzte Liebe
Band 80437

generation

fi 80437 / 1

Sheila Och

Das Salz der Erde und das dumme Schaf

Aus dem Tschechischen von Gabriele Osenberg

Band 80099

Was soll man von einem Opa halten, der sich am Fensterkreuz aufknüpft? Der aufgebahrt im Sarg liegt, wenn man mit seinem ersten Freund die Wohnung betritt?
Zusammen mit ihrem chaotisch-anarchischen Großvater lebt die 16jährige Jana in einem Kellerraum in Prag. Beide leben von der Hand in den Mund. Doch Opa Vanek ist eifersüchtig.
Jana weiß zumindest eines, sie liebt ihren Großvater, der ihr die Kunst zu leben vorlebt.

generation